ZARANZA

Rita de Podestá

ZARANZA

Copyright © 2021 Rita de Podestá
Zaranza © Editora Reformatório

Editor:
Marcelo Nocelli

Revisão:
Marcelo Nocelli
Eliéser Baco (EM Comunicação)

Imagem de capa:
Greta Coutinho

Design e editoração eletrônica:
Karina Tenório

Dados Internacionais de Catalogação na Publicação (CIP)
Bibliotecária Juliana Farias Motta CRB7/5880

Podestá, Rita de.
    Zaranza / Rita de Podestá. – São Paulo: Reformatório, 2021.
    120 p.: il.; 14x21 cm.

    ISBN: 978-85-66887-75-4

    1. Contos brasileiros. I. Título.
P742z   CDD B869.3

Índice para catálogo sistemático:
1. Contos brasileiros

Todos os direitos desta edição reservados à:

Editora Reformatório
www.reformatorio.com.br

Para A, porque a primeira letra do alfabeto será sempre a primeira.

*Combinamos por fim de nos encontrar
na esquina das nossas ruas
que não se cruzam*

Ana Martins Marques

SUMÁRIO

ZARANZA, *11*

CÉU DE JANELAS, *21*

DEVE SER ASSIM MESMO, *31*

RISOTO COM SHOYO, *55*

FERMATA, *63*

CALO, *73*

SAUDADES DO FIM DO MUNDO, *81*

ARO QUINZE, *89*

PARECE SINFONIA, MAS É SONATA, *95*

ESTIAGEM, *107*

ZARANZA

Dia 01

O banheiro ainda tem pequenos cacos do espelho quebrado. Tão pequenos que parecem espelhos de formiga ou de animais invisíveis a olho nu, mas eu não sei se eles têm reflexo. A escova de cabelo está em alguma caixa e preciso encontrar um sutiã para receber o pedreiro. Também preciso resolver o cheiro do ralo e colocar uma cortina blackout no quarto.

O menino que veio instalar o box parece ter vinte anos e ao responder minha pergunta sobre a arminha de cola de silicone que tinha nas mãos, disse para eu não me preocupar, que o silicone cola tudo. Cola espelho? Ah não, espelho não. Uma amiga jurou que se eu passar debaixo de uma escada quebro o feitiço do espelho em cacos, uma maldição anula a outra. Vou ficar alguns dias sem reflexo.

Dia 02

Primeiro dia sem me ver, mas da janela da sala consigo ver o céu, entre o prédio tríplex e um edifício comercial onde as pessoas trabalham no feriado. Em São Paulo dá para contar as estrelas, às vezes bastam os dez dedos das mãos, mas não pode apontar que dá verruga. Ele tinha muitas pintas e algumas verrugas que eu nunca consegui contar. Uma vez tentei desenhar constelações imaginadas de caneta bic azul juntando as pintas maiores. Inventei signos. O dele era elefante e ficava bem no centro sul das costas. A tromba era formada por pintas que seguiam paralelas numa linha ondulada. Pessoas do signo de elefante são intensas, mas dóceis. Nos relacionamentos são boas em retribuir afetos, mas quando perdem o interesse pisam forte, sem dó, esmagando com canalhice corações lassos e mancos. Dão muito certo com os signos gaivota e montanha, mas são totalmente incompatíveis com qualquer signo de flor.

O seu signo é algodão-pólvora, ele dizia sem me explicar. Ele não acredita em signos, nem em pai de santo, nem no I-ching que eu comecei a estudar depois que a astróloga me falou ser um excelente oráculo, porque é confuso e não dá resposta pronta. Ela também me disse que o absurdo faz sentido e que eu deveria tomar cuidado com fogo e acidentes domésticos.

Dia 03

No terceiro dia de casa nova meu xale pegou fogo enquanto eu esquentava a água para o chá. As ervas na água borbulhavam e a pashmina queimou tão rápido que por pouco não perdi os cabelos. Para tirar o cheiro de queimado acendi o incenso de citronela que além de espantar os insetos tem propriedades antidepressivas e anti-inflamatórias. O banheiro continua sem espelho e por falta de me ver tenho tenho evitado passar rímel e batom.

O apartamento é pequeno, mas tem muitas esquinas. Dezessete no total. O pai de santo me mandou colocar sal grosso com alecrim em cada um dos cantos. É para espantar o mau olhado e energizar a casa, você precisa, e muito. Diz isso para todas, pensei, mas coloquei mesmo assim. Para o pacote completo dos trabalhos me cobrou mil seiscentos e setenta e oito reais para pagar só depois do resultado. Quase o preço da cama nova queen para uma pessoa só, que comprei porque ele levou a de casal.

Dia 04

Não consegui dormir. Os pernilongos de São Paulo estão bombados, resistentes a inseticidas e alcançam andares altos por meio dos elevadores. Manchete de jornal. Quem pica são as fêmeas, que precisam de sangue para se reproduzir. A boca do macho é fraca. O zumbido é resultado da alta frequência do batimento das asas podendo chegar a mil movimentos por segundo. Cientistas garantem que o fato deles irem certeiros até nosso ouvido não é uma tática para deixar o alvo zaranza antes do ataque. Duvido.

Zaranza: 1. que ou quem mostra perturbação ou atordoamento; 2. Pessoa que mostra falta de bom senso, doidivanas.

No terreiro, duas pessoas aguardavam sua vez enquanto tomavam café e ouviam o pai de santo contar das suas últimas idas para caçar no Mato Grosso. Cinco cigarros depois, ele me chamou. Primeiro o pai de santo coloca as tigelas com comida no chão, na sua frente. Mantenha os olhos abertos e olhe para cima, só abaixe quando eu disser. Depois, passa as tigelas contornando seu corpo enquanto canta desafinado. Aos poucos, com uma faca, corta pedaços da sua roupa. Meu sutiã era duro e tinha arame. Melhor você tirar. Até que ele para de cantar e te leva para tomar um banho onde joga cachaça barata no seu corpo. As partes íntimas ardem. Outro banho com algo que não sei o quê. Não arde. A roupa rasgada me mandou jogar fora. E agora, tenho que sentir o quê? Nada, talvez uma tontura, mas não precisa sentir nada.

Do Pedro levei uma cueca, uma blusa branca e uma meia que ele esqueceu no meio das roupas sujas. Entreguei ao pai de santo que não respondeu nenhuma das minhas perguntas e me disse apenas que saber demais envelhece antes da hora.

Dia 05

Depois do terreiro é preciso ficar cinco dias sem álcool, sem cafeína, sem carne vermelha, sem usar roupas pretas ou vermelhas, sem entrar em hospitais, sem sentar em bares e sem visitar cemitérios.

Almocei tilápia com batata doce. Resolvi abrir a caixa com o escrito: enfeites. Dentro, um elefante de papel machê, uma matrioska grande, um copo de barro, um porta joias do peru, sem joias, quatro adaptadores de tomada, uma rosa de origami dentro de um mini vaso de vidro, um chaveiro de vaca com luzes nos olhos, a chave reserva do carro vendido há três anos, o aparador de livros escrito love e a raquete de matar insetos.

O silêncio dentro de mim é tão alto que qualquer som me interrompe. O fluxo da minha vida se resume ao fluxo de caixa que ele montou para que eu não gastasse tudo de uma vez.

Dia 06

Pedro me ligou. Disse que sentia dores de barriga e uma diarreia muito forte. Marina, qual aquele chá que você sempre tem, aquele que segura tudo? Folha de goiaba. Você tem? Eu disse que não tinha, mas tinha. Matar os pernilongos era tarefa dele. Acordava de madrugada e caçava um a um com a raquete enquanto eu escondia os olhos da claridade debaixo das cobertas. Sua tática era fazer movimentos do jogo de tênis ou ir com a mão leve até a parede onde o pernilongo estava pousado. Uma vez ele pegou o pernilongo da raquete com as unhas e de perto dava para ouvir o zumbido atordoado das asas batendo. Zumbido zaranza. Com dó, ele abriu a janela e libertou o pernilongo.

Dia 07

Dois dias comendo tilápia congelada de supermercado. A cada noite identifico mais barulhos do novo apartamento. O ônibus quando acelera, o som da casa de máquinas do elevador, o vizinho alérgico do andar de baixo, o sino de conchas batendo no apartamento do prédio ao lado. Se eu tivesse uma arminha de silicone fechava meus ouvidos. Pernilongos sugariam meu sangue sem que eu percebesse e a roda de samba aos sábados do outro lado da rua seria um círculo longe.

— Marina, você ainda tem aquele bichinho probiótico igual Yakult?
— Kefir?

— É.
— Não tenho, joguei fora.
— Você matou o Kefir?
— Sim, joguei na pia.
— É que eu ainda não melhorei.

Dia 08

No verão tem os bichos de luzes e com a raquete é possível matar vários de uma vez. O estalo do choque fica constante e parece barulho de bombinhas de festa junina. No inverno os pernilongos são poucos e é preciso estratégia. Primeiro certifique-se de que a sua roupa de cama está bem presa ao colchão, como nos hotéis. Depois coloque a raquete ao alcance das suas mãos, apague as luzes e espere como um defunto que escuta o próprio velório. Não se mova. Resista aos zumbidos, não mostre resistência. O pernilongo deve acreditar na sua benevolência, na sua preocupação com a sua alimentação. Nunca mostre quem você realmente é. Apesar de parecer morto é preciso respirar. Respire vagarosamente como um caracol para quem a lentidão é o único meio. Lembrando que a boca deve estar entreaberta, já que o pernilongo será atraído pelo gás carbônico do seu hálito.

Ela, o pernilongo é ela.

Agora que ela sabe que você é um alvo com sangue, ela irá em busca do calor. Levante aos poucos as cobertas para que ela seja atraída para dentro. Evite movimentos bruscos. Assim que deixar de ouvir os zumbidos significa que ela foi em direção as suas pernas. Cubra-se novamente. Deixe-a picá-la por debaixo das cobertas, é preciso que a inimiga pense ter vencido. Deixe-a acreditar ter encontrado um oásis de sangue e calor, deixe-a imaginar que todo aquele corpo é dela, deixe-a confortável na crença de um aliado benevolente. Enquanto isso, acostume-se com a claridade, olhe os cantos do quarto, estude quinas e locais com aglomerações de roupas. Depois, lentamente, levante o lençol. Ela irá voar.

Acompanhe seus movimentos. Você sabe para onde ela vai, você conhece o território que ela explora. Seu território. Com a raquete na mão vá até ela que, de barriga cheia, não pode ir rápido, nem longe. Quando ela pousar, exausta, arrependida do sangue roubado, aproxime a raquete e aperte o choque apenas uma vez. Ao tentar sair ela se enroscará no emaranhado da arma plástica. Deixe-a contorcer-se, quando ela estiver presa, sem opção, mantenha o botão apertado e ouça os estalos.

Para enganar o mau cheiro de queimado, o incenso.

Dia 09

— Marina, aqui é a Flora. Desculpe te ligar, mas o Pedro está muito mal, sempre zonzo, não consegue comer, só vomita e vai ao banheiro há dias. O médico disse que é uma virose, já tomou vários remédios e nada. Eu não sei o que fazer, eu não sei lidar com isso, ele não para de chorar, Marina. Eu não devia te ligar, mas ele disse que você é boa nisso, que tem umas receitas naturais...

Dentro da caixa escrito banheiro encontro a caixa de remédio. Uma cartela de pílula vencida há dois anos, um própolis sem álcool, ansiodoron, infludoron, stressdoron, uma caixa de grampos para cabelos castanhos, vinte e cinco centavos, óleo essencial de melaleuca, um pacote de sementes de girassol presente do amigo no aniversário do ano passado, uma cartela com apenas um relaxante muscular vencido, um canivete com a marca de uma empresa de segurança.

Dia 10

Na padaria pedi um PF de frango com purê. Parece um bar, mas é padaria. Hoje é o último dia de restrição alimentar. O fogão só chega em quinze dias. O sofá em quarenta e cinco.

Dia 11

Para o café, cachorro quente. O marceneiro trocou as portas velhas e disse que meu apartamento tem o pé direito baixo, e eu acho tão engraçado essa expressão pé direito, por que não esquerdo? Ele também me ajudou a colocar o espelho novo com parafuso e não fita dupla face.

Almocei cedo e pedi uma picanha malpassada com fritas no bar de sempre. Traz um chope seu Zé. Cerveja às onze da manhã, Marina? Isso, preciso tirar o atraso. E o Pedro, não vem? À noite, o Pedro volta hoje à noite.

CÉU DE JANELAS

"Neste terraço mediocremente confortável
Bebemos cerveja e olhamos o mar
Sabemos que nada nos acontecerá"
(Privilégio do mar, Carlos Drummond de Andrade)

Todo fim tem um início. Eu achei que o nosso seria brusco, como um chute na porta com o mindinho do pé, que arranca toda a unha, fica roxo e precisa de um mês para crescer. Hoje sei que terminou no dia em que nos mudamos para esse apartamento, a sala ainda vazia, cabe muita coisa dentro de uma sala vazia, mas depois que enche fica apertada, tantos móveis e a gente imóvel, andar por onde? No dia da mudança, quando você apontou para a varanda, que nem era aberta, janela de vidro, você disse aí está a sua varanda, e eu te corrigi, minha não, nossa.

Decoramos a casa de uma só vez, todos os seus móveis do outro apartamento, aos poucos esconderam as paredes, as quinas, o chão e as imperfeições. O sofá tão grande, a tevê, a estante abarrotada, a geladeira de inox, o fogão eu até já tinha, mas o seu era melhor. Só as cadeiras e a mesa demoraram a chegar, essas sim, novas, você insistiu, e foram vários dias comendo no chão, a canga no piso de taco, e você que detesta piquenique achou que pelos menos era melhor do que o Parque Ibirapuera, dá para encostar na parede, ir ao banheiro, comer com talher, igual gente.

O chão é lugar de migalhas, você dizia.

Foi preciso a repetição para eu entender que o pronome não foi um erro. E quando você disse a sua varanda era como se você já soubesse que era preciso direcionar meu olhar para fora, para que eu me distraísse dos outros cômodos que você aos poucos encheria com móveis que não eram meus, a não ser essa mesa de canto vermelha, tão no canto que ninguém vê.

Às vezes eu queria ser uma mesa de canto vermelha.

Hoje é o fim da primeira semana e eu ainda acho que você vai voltar. E me pego olhando para a sua porta, não porque quero que volte, mas porque você deixou para trás o quarto, o escritório, a área de serviço, a sala de estar. No banheiro, seus pentelhos ainda estão no sabonete, seu sabonete, sempre tinha que ter mais de dois, vai que acaba, melhor fazer um estoque, nunca entendi esse seu medo de ficar sujo.

Ele. Você não, ele. É preciso trocar a guarda, os pronomes, as fechaduras, mudar os ouvidos.

Quando ele me pediu em casamento, na festa de família, da sua família, todo mundo lá, ele subiu na cadeira e perguntou alto se eu queria me casar. E se eu não quisesse? Mas eu queria, talvez eu não soubesse que podia não querer, e na escolha dos estereótipos ele era o pacote cheio, é ele, eu sei, só pode. Quando ele me pediu, eu, trinta anos, morava naquela casinha de vila, quem nunca quis morar numa casinha de vila, em Belo Horizonte, o bairro era alto e dava para ver a Serra do Curral. Também tinha um jardim pequeno e um terraço onde o vento só chegava se fosse devagar, com licença, posso? Brisa educada com cheiro de mato. Mas resolvemos, por causa do seu trabalho, seu salário tantas vezes maior, e eu achei que sim, fazia sentido, mudo eu.

Mas só se tiver varanda.

Quando ele pediu o divórcio eu já tinha pedido o divórcio, ao menos eu achava que tinha pedido e ele garante que não, que foi ele quem pediu. Me esqueci de pedir? Quando ele disse chega, ainda demorou um mês, até a semana passada, quando você, ele, finalmente saiu pela porta deixando um amor chorume impregnado nesse taco desgastado.

Desgraçado.

Desde que ele saiu eu tenho medo de entrar em casa e o encontrar, foi por isso que me mudei para a varanda de vidro com vista para o céu de janelas. Da cozinha trouxe a pequena mesa e no chão coube apertado, quase dobrado, o colchão de solteiro que ficava no escritório que também era quarto de hóspedes, vinham tantos, sempre alguém, ele gostava. Para a mudança foi preciso mover o cactos e eu espero que ele não sinta falta do sol que primeiro bate no prédio alto de vidros pretos para só depois, sem pedir licença, entrar na sala em fiapos. Às vezes a gente ria, vem meu amor ver o pôr do sol, e lá estava o grande astro se pondo na janela do prédio empresarial escuro. São quatro anos do início do fim e nesse tempo o cactos cresceu, um metro e quinze, eu medi, vai acabar alcançando o andar de cima.

É estranho dormir no chão, o teto parece longe. E pensar que acima do teto alguém dorme sobre mim, toma café sobre mim, alguém mija e caga a poucos metros da minha cabeça, dá para escutar as descargas do desconhecido que fica nu sobre mim enquanto tomo banho, o ralo em cima de mim, a sujeira da rua que ele ou ela descarta em cima de mim, os fios de cabelo, o cuspe da pia, o catarro da rinite insistente, em cima de mim.

Eu não sei quem mora no andar de cima.

Hoje é o sétimo dia, ou melhor, a sétima noite depois do dia em que ele saiu, o eterno descanso do matrimônio, o fim, o fim, o fim, é preciso repetir, uma ideia repetida até a exaustão convence o cérebro de que é esse o padrão. A primeira semana e continuo no mesmo apartamento de taco velho, se bem que todo taco é velho, e desse piso saltam memórias, que de empoeiradas se fazem frescas, porque basta um passo para que eu te veja nas frestas do seu chão.

Em breve só existirá a varanda.

O primeiro cômodo a sumir foi o quarto. No segundo dia. Eu havia feito uma muda de roupa, mas me dei conta de que esqueci o cinto azul com pequenos buracos de coração que fica tão bem com aquele vestido branco que eu gosto de usar quando faz calor. Mas quando abri a porta o quarto já não estava lá, a cama king na qual eu mal te encontrava, a mesa de cabeceira com dois ou três livros por ler, a cadeira roxa que só acomodava roupas, nunca alguém, tudo havia sumido, no lugar só o nada e eu não sei descrever o nada.

No dia seguinte foi a vez do escritório. Ao menos eu já havia carregado a poltrona de leitura, como pesa, a luminária de chão coloquei ao lado, os livros empilhados, alguns. Não peguei os documentos, que preguiça, tirar tudo de novo. Se você, ele, voltar querendo algo, como os livros de economia, as contas de dois mil e alguns anos, não vai achar. Não adianta nem procurar pois a porta também sumiu, no lugar ficou só uma parede branca recém pintada, perfeita para um quadro desses grandes de moldura grossa.

O banheiro ainda existe, não sei até quando, ainda estão lá o cesto com os sabonetes fechados e os sabo-

netes cheios de pentelhos no box. Queria ter fraldas para não ter que sair daqui, da minha varanda-janela-
-televisão sem intervalos, de onde assisto os aviões que passam de quinze em quinze minutos, das seis da tarde até às nove da noite, e precisam furar as nuvens, há tantas. E se abro a janela um vento fresco chega como um cubo de gelo na bebida quente, arrogante me abraça sem pedir permissão.

Meu novo lar fica na fronteira entre o mundo de fora e o seu mundo, um limbo entre infernos, e existe mais de um, dizem.

Daqui vejo o outro, os outros, no prédio da frente, de quarenta e dois andares, posso ver oitenta e quatro varandas, algumas com vidro, outras não. No oitavo andar uma mulher estuda no quarto, ou lê, sentada numa cadeira branca, a escrivaninha branca, a parede branca, a porta, o ar condicionado, a grade da varanda que se integra ao quarto, tudo num branco enjoado de novo e limpo. A mulher não foge à cor e paga quatro mil reais de aluguel, ou comprou seus trinta metros quadrados por setecentos mil. Sei disso porque perguntei ao porteiro que me deixou visitar, tem um para alugar, sim senhora, e eu quis saber como era dentro dos apartamentos que assisto todas as noites. Acho graça. Comprar um imóvel é escolher um lugar fixo, tornar-se imóvel, dono de um espaço que não se mexe, de uma casa caixa em cima de outras casas caixas, onde as pessoas cagam em cima de você e são incapazes de uma conversa de quarenta segundos no elevador.

Quando nos casamos nossos sonhos eram móveis e nossas ambições tinham horizontes largos. É fim de domingo e os aviões não param de passar. Se olho para o alto, sinto vertigem. As nuvens parecem empresários apressados na Faria Lima às duas da tarde, é preciso voltar do almoço, é preciso atender à reunião. Não tenham pressa nuvens.

Tenho sede, mas a cozinha sumiu há três dias. Trouxe apenas os vinhos da adega, quatro tintos e dois rosés, detesto vinho cor de rosa, ele dizia. Às vezes eu fazia o jantar, comidinha de mamãe, arrozinho, tutu de feijão, batata, carninha, couve na manteiga, três ou quatro panelas para lavar, ele gostava e eu fazia. Mas desde que ele foi embora não cozinho, compro pronto do italiano da esquina. Dezenove e noventa o cardápio do dia, segunda macarrão ao pesto, terça penne com molho quatro queijos, quarta pizza, quinta capeletti com molho à sua escolha, sexta lasanha vegetariana, sábado nhoque de batata baroa, hoje, domingo, o dia sete, macarrão à bolonhesa.

Está quente. Queria tomar banho antes do banheiro sumir, mas já não há sala e não tenho como ultrapassar os cômodos. Me resta olhar a piscina do prédio da frente e seguir com desejos de água. A gente ouvia os vizinhos nadando e ele fazia planos de montar uma tirolesa direto para o fundo da piscina. Um dia tentou calcular a distância e disse que se eu aprendesse a bater asas dava para alcançar, é funda, só pular com impulso.

Ele sabia que eu precisaria de uma saída de emergência, enquanto ele sairia pela porta.

Na mesa de canto vermelha, ao lado da minha cama, no chão, está o altar que ninguém vê. O altar que eu montei porque acho bonito ter um altar. Às vezes eu abria a janela e o vento mal-educado balançava a cortina da varanda e derrubava os santos, alguns orixás e a boneca africana de papel machê. Primeiro quebrou a cabeça da pomba de São Francisco, depois um pedaço da espada de Iansã, já São Jorge caiu e sobreviveu intacto, guerreiro. Mas agora a mesa de canto não é mais de canto, porque minha varanda não hierarquiza ângulos, todos importam, não ligamos para medidas. E depois que a sala desapareceu, a mesa de canto ao lado da poltrona parece quase de centro, tão grande, tão santa.

Talvez eu devesse rezar.

Olho para dentro e não vejo nada, nem a porta existe mais. Olho para fora e a menina branca levanta-se e vai até a varanda preenchida apenas com uma tábua de passar roupa, são dez da noite e há tanta luz no seu quarto, mas na varanda apenas penumbra, e ainda assim vejo que ela usa um short curto e uma regata justa. Talvez ela não tenha mais cômodos e eu seja parte do seu céu. Ela acende um cigarro e penso em fumar, há tanto tempo que não fumo, mas não há cigarros, eu não sei onde ele os escondia. Eu sei que você não parou de fumar. A menina me vê, mas não me enxerga, eu queria te dizer algo, vizinha, mas não sei o quê. Podíamos ser amigas, nos encontrar na rua que é enorme, mas é menor que o mundo, não cabe todos de uma vez. Talvez um café na esquina ou uma bebida mais forte quando eu não aguentar mais a sede. Talvez apenas uma volta no quarteirão, no dia em que, finalmente, a varanda ficar pequena para o tamanho do meu incômodo.

DEVE SER ASSIM MESMO

Eu ainda tenho medo de andar de ônibus e por isso só pego o metrô. De ônibus sempre acabo em lugares fora do meu mapa que na verdade é um pouco restrito. No metrô não tem janela, quer dizer, janela tem, o que não tem é paisagem, mas ao menos posso ver as pessoas. Ninguém me vê. Em São Paulo ninguém enxerga, só olha, e você pode ir de sobretudo e chinelo comprar papel higiênico que está tudo bem. Em Curitiba não, nunca. E se o homem da sua vida estiver na fila do pão? Dizia, aliás, diz minha tia Lourdinha que ficou para titia e morre de medo que eu também fique. Mas como não tenho irmão talvez fique para os gatos. Podia ser cachorro, mas não, muito dócil, enche o saco.

Minha mãe e a tia Lourdinha não queriam que eu me mudasse para São Paulo. Aceitaram quando contei que aqui tem mais homens, só não falei que também tem mais mulheres e mais homens que gostam de homens. Também falei que tem mais emprego e que eu ganharia melhor, mas não acharam isso muito relevante. Elas se preocupam. Um zelo que equivale a cinco ligações por dia, média. Às vezes tenho que atender no meio de uma reunião com medo de chamarem a polícia. Quarenta e três anos nas costas atendendo a mãe na reunião. Pior, a tia. Aconteceu, era sábado, acordei meio-dia com o interfone. Quem é? A polícia. Tive que provar que eu realmente era a Catarina, que estava viva e que não, não uso drogas, só maconha em dias de cólica. Não disse, claro. Se contarem para a tia Lourdinha que eu fumo maconha, ela manda o Padre Henrique lá de Curitiba vir me benzer.

Quando liguei para minha mãe ela perguntou se o policial era bonito.

Por causa delas tenho medo de ser assaltada a cada passo que dou. Ando com porta dólar. Na meia do tênis ou na sola do sapato coloco sempre dez reais, e no bolso oito e sessenta trocado que é o valor de ida e volta do metrô. Também ando com uma aliança falsa para entregar no caso de assalto, mas às vezes esqueço de tirar e me perguntam se sou casada. Na bolsa tenho um spray de pimenta em formato de chaveiro que a tia Lourdinha comprou pela internet. Em caso de homens tarados, ela disse. Todo homem é tarado, eu respondi.

Tem dia que gosto mais de pimenta do que de homem.

Ligam tanto para mim que tenho um celular só para as duas, uma carroça da telecomunicação com a capacidade única de ligar, atender e enviar mensagens de texto.

Celular do ladrão. Só elas têm o número e quando me ligam é sempre no confidencial, assim se te roubarem ninguém liga pra cá dando trote e pedindo resgate, minha filha. Se isso acontecesse, minha tia ia rezar para um caso de Síndrome de Estocolmo. Tudo é melhor do que ser uma mulher sozinha, Catarina.

Vez ou outra também me liga a operadora do celular. Nunca entenderam porque não quero contratar a internet. Mas ontem, quando tive que sair no meio da reunião sobre o design da nova embalagem de leite orgânico, não era minha mãe, nem minha tia Lourdinha, nem a ninguém da operadora.

— Tia, ou mãe?

— Mariana Freitas, né? Eu sei que é esse o seu nome sua vagabunda! Sua ladra. Tá faltando homem no mundo é? Tá dormindo com meu marido que eu sei, sua puta! Pode esperar, vou acabar com a sua vida! Eu vou acabar com você, sua desgraçada!

— Tá louca, meu nome é Catarina.

— Não mente, eu sei de tudo Mariana. Para de mentir!

— Peraí, você tá enganada. Eu não faço a mínima ideia de quem seja Mariana Freitas.

— Eu sei, eu vi! Me aguarde, sua vagabunda!

— Alô? Alôôô?

* * *

A impermeabilização de sofás, além de proteger contra a penetração de líquidos de consistência aquosa ou oleosa, evita que a poeira fique impregnada nas fibras do tecido dos estofados, mantendo-os limpos e na sua tonalidade original por mais tempo. Apesar de já existirem diversas formas de impermeabilizar um sofá, muitos profissionais ainda preferem o uso dos produtos a base de solvente, conhecidos pela sua elevada toxicidade e alta inflamabilidade. É como se você estivesse com uma pequena bomba em sua casa, e qualquer fagulha ou faísca pode provocar uma explosão.

Mariana Freitas não sabia que existiam opções. Escolheu o mais barato, apenas duzentos reais com mão de obra parcelado em dez vezes sem acréscimo. Seu aluguel custa seiscentos e noventa reais, uma quitinete ao lado do viaduto Dona Paulina, em São Paulo. É a primeira vez que mora sozinha. Depois que se mudou para São Paulo, do interior, com uma mala e uma promessa de trabalho numa loja que vende capinhas de celular, trocou de casa cinco vezes. Parece muito, mas é pouco. Na vida de Mariana mudar é o mesmo que acordar de manhã. No interior foram três casas de padrastos diferentes antes de a mãe morrer; a casa da tia de dois cômodos e seis filhos; e o apartamento da vó com Alzheimer, que pelas manhãs achava que Mariana era uma invasora. Em São Paulo foram duas semanas na casa da amiga da tia da amiga da mãe; a sala numa casa com cinco rapazes que gostavam de homens e ela pensou que seriam como mulheres; o quartinho de empregada do apartamento da gerente do restaurante onde trabalhou de garçonete, que tinha cinco cômodos e por causa disso parecia de luxo; a cama do ex-namorado que disse que o problema não era ela e que se mandou com a melhor amiga que essa sim, achava que o problema era ela; e o quarto com uma colega de telemarketing que conhecia uma menina que trabalhava numa grande empresa e que podia ajudar Mariana a encontrar um emprego melhor.

Conseguiu o trabalho de recepcionista na sede de uma empresa que aluga cabides para grandes marcas do varejo onde passou a ganhar mil e seiscentos reais. Alugou a quitinete. Fala studio, é mais chique, disse a corretora que aceitou o seguro fiança diluído em doze meses. Apesar do barulho da rua que não era pouco, Mariana não conseguia dormir na casa nova. Achava quieto demais. Vinte e quatro metros quadrados de silêncio, sem ninguém. Assim que entrava em casa ligava o rádio, gostava dos programas de igreja evangélica, o pastor gritando, não escutava, só ouvia. Também esquecia que podia andar pelada, cortar a mortadela de forma irregular direto na bandeja de isopor e catar o feijão na mesa de jantar sem ninguém reclamar. Morava como se não estivesse só.

O sonho de Mariana era trabalhar no RH igual a prima que se mudou para Belo Horizonte e trabalha no departamento pessoal e dizia que era quase a mesma coisa. Ser a pessoa que contrata, demite e paga todos os funcionários. Todo mundo deve tratar bem quem paga os salários, pensava. Um dia leu que na internet que o RH é responsável pelo bem-estar dos funcionários de uma empresa. Ela gosta dessa palavra: bem-estar. Também gosta de cuidar de pessoas e de plantas, mas sabe lidar melhor com plantas do que com pessoas.

No novo emprego, o Gerente de RH é homem. Mariana achou engraçado, achava que RH fosse profissão só de mulher.

Para a seleção ela teve que mandar um currículo com foto de corpo inteiro. No dia da entrevista final o Gerente de RH disse que não costuma entrevistar candidatos à recepção, mas que gostou do currículo dela e que fazia questão dele mesmo entrevistá-la. Mariana estranhou as perguntas sobre se é casada, mora sozinha?, tem filhos? Vi que nasceu no interior de Minas, tem família aqui? Não, mas deve ter muito amigos, não né? Aos vinte anos era a sua primeira vez numa empresa.

Também foi o Gerente de RH quem avisou que ela tinha conseguido o trabalho, mandou uma mensagem pelo celular dando os parabéns e dizendo que não via a hora dela começar. Deve ser assim mesmo, pensou.

Dizia muito isso: deve ser assim mesmo.

* * *

Mariana Freitas? Nunca ouvi falar. Essa menina vai se dar mal. A mulher parecia meio louca, vai que mata. Será que mata? Também não é para tanto. Só sei que nessa história eu não me encaixo, nome já menti, mas Mariana Freitas não gosto, não ia usar. Tenho alguns homens casados na lista, claro que sim. Praga, sempre aparece. É igual panfleto na rua, você fala que não vai pegar mais nenhum e quando vê, tá com a bolsa cheia. No início eu dizia que não topava, mas chegou o tempo que minha opção passou a ser casado ou novo demais. Difícil. Teve um que me chamou de tia bem no amasso do sofá. Mariana + Freitas. Fui pesquisar nas redes sociais, lembrei de uma antiga amiga do colégio, lá do sul, com mesmo nome. Tá morando em Miami e tem um filhinho de dois meses, o Luca. A última postagem mostra o menino numa mesa decorada de homem-aranha, o neném com uma fantasia do super-herói e um bolo glacê vermelho escrito Luca dois meses. Luca não consegue sentar sozinho, mas dá para ver que uma mão segura ele na mesa e tem alguém ajoelhado atrás. Uma vez uma amiga me contou que isso de comemorar o aniversário da criança todo mês é porque o bebê é frágil e no fundo todo mundo acha que ele pode morrer. Por isso comemoram qualquer coisa.

Se eu tivesse um filho minha mãe e a tia Lourdinha se mudariam para São Paulo e fariam um bolo por semana.

Mandei uma mensagem para a Mariana do colégio perguntando se estava tudo bem, que bonitinho o Luca, feliz mêsversário para ele, mas está tudo bem mesmo? Ela me respondeu que nunca esteve tão feliz, e sim, o casamento vai super bem obrigada, e você casou? Se vier em Miami visita a gente tá? Terminou a mensagem com um coração.

Mais fácil o marido dela ter um caso do que ela.

Liguei para a operadora.

— Olá, boa tarde. Meu identificador de chamadas não está funcionando e gostaria de saber o contato de alguém que me ligou.

— Só um instante que vou verificar o seu cadastro. Catarina, verificamos aqui que a senhora não tem nosso pacote com dez gigas de internet. A senhora não gostaria de estar assinando nosso plano de apenas sessenta e nove reais e noventa centavos, por mês?

***

O primeiro móvel que Mariana comprou para sua quitinete/studio foi um sofá cama. Quarto e sala no mesmo lugar. Assim dava para dormir e sentar para assistir a televisão velha que ganhou do porteiro do último lugar que morou. A internet do celular é pouca, não dá para ver vídeos, mas Mariana gosta de ler as sinopses dos programas de TV. Uma vez leu que em alguns lugares era moda morar em casas muito pequenas que se chamam Tiny houses. Poderia morar numa dessas, pensou. Estava acostumada com lugares pequenos e sabia como organizar as coisas em prateleiras altas.

O plano era juntar dinheiro para comprar uma televisão grande e contratar a TV à cabo. Queria deitar no sofá e escolher um dos tantos canais sem saber qual e assistir ao que estivesse passando, assim mesmo, na sorte. Mariana acredita na sorte, acha que estar viva já é uma forma de sorte. Também acha que é preciso ter muito azar para depois ter sorte. Foi o que disse uma vizinha lá de Minas, quando a mãe morreu e o padrasto proibiu Mariana de entrar em casa dizendo que não precisava mais ser pai dela. A vizinha tirou o tarô e as cartas disseram que Mariana encontraria um grande amor, e que seria um homem rico, trabalhador e de cabelo bem penteado.

Encontrar esse trabalho foi uma grande sorte. Se sua mãe estivesse viva teria orgulho.

Quando contou para Laura, a colega da recepção, que tinha comprado o sofá, ouviu que todo sofá tem que impermeabilizar. Imagina só, você lá com o gatinho tomando vinho e na melhor hora derruba tudo no sofá, brochante.

Mariana gostou da imagem dela e um cara bonito, tipo o Gerente de RH, de roupa social, dessas que não amarrotam mesmo quando ele trabalha muito e que têm a inicial do dono bordada no lado esquerdo. Gostava de tentar adivinhar o nome dos homens toda vez que via um deles desfilando pela empresa com as siglas: PG, AS, WI. Esse último ela sabia, era o Wanderlei Ismael, o copeiro que ganhou uma camisa com suas iniciais no amigo oculto de fim de ano há dois anos. Wanderlei fazia questão de usar a camisa todos os dias e dava sempre um jeito de falar que tinha ganhado do presidente.

Mariana não conseguiu entender o que era a impermeabilização, não compreendia a didática de Laura que explicou que é um produto que passa no sofá para que ele não manche. E se cair café? Você passa um pano e é como se o café não tivesse nunca caído. Quando quis saber se o sofá de Laura era impermeabilizado ela disse que o dela veio assim de fábrica. Mariana teve vergonha de contar que o seu sofá era de segunda mão e quando ela mandou uma mensagem para a pessoa de quem comprou, perguntando se ele era impermeabilizado, a dona respondeu que nunca ouviu falar em sofá que não suja.

Laura também disse que agora só toma vinho seco e que vinho doce é coisa de pobre. Aqui ninguém toma sidrácereser. Na festinha de fim de ano só tem champanhe, você vai ver.

No meio da manhã o fluxo da recepção era pequeno e assim que a colega saiu para o banheiro Mariana começou a pesquisar na internet, com o telefone no ouvido para ninguém perceber que fazia algo de errado. Ela não gostava de fazer coisa errada, e sempre que fazia rezava um Pai Nosso e duas Aves Marias.

O site doutorlavatudo.com.br tirava algumas dúvidas importantes:

1. Impermeabilização é a aplicação de um produto que protege as fibras do tecido de estofados para que líquidos e umidade não penetrem camadas mais profundas;
2. A secagem completa leva de duas a três horas;
3. É interessante ressaltar que algumas substâncias mais resistentes, como ácido presente na urina de animais e tinta de caneta podem penetrar na resina criada pela impermeabilização;
4. Alguns impermeabilizantes encontrados no mercado são considerados produtos altamente inflamáveis, na hora da contratação de um serviço especializado em impermeabilização, é fundamental pesquisar as características do produto que é utilizado pela empresa.

Foi surpreendida pelo Gerente de RH dizendo para ela sair da internet. Mas antes dela começar a rezar ele riu e disse: está tudo bem sua bobinha. Ela se lembrou que os meninos com quem morou diziam isso sempre: sua bobinha. O Gerente de RH prometeu que não contaria para ninguém, desde que ela desse um sorriso. Depois falou que chovia muito e se ela quisesse ele dava uma carona. Eu sei onde você mora, deixa que eu te levo em casa.

* * *

Liguei para minha mãe e perguntei se ela conhecia alguma Mariana Freitas. Ela disse que não e quando eu contei que estava atrás dessa mulher, ela e a Tia Lourdinha começaram a ficar preocupadas com a minha sexualidade. Minha tia acha que mulheres na minha idade que não encontram homens é porque gostam de mulher.

No meio da manhã recebi uma mensagem: Mariana sua safada, o Gerente do RH tá todo queroso pro seu lado hein? Sortuda. Também quero.

Tentei responder, mas a mensagem voltava para mim mesma.

Pedi para o estagiário pesquisar: Mariana Freitas.

Eu beijei algumas mulheres, mas na hora do amasso não soube lidar com os seios. Eles se mexem e quando junta muito, fica um seio apertando o outro e isso dava coceira no meu mamilo. Não foi por falta de homens, conheci vários em São Paulo, o problema não é esse. Homem tem. Abrem portas, pagam jantares, levam no Parque do Povo para fazer yoga aos domingos de manhã. Mas na hora do sexo é tudo igual. Te chupam com uma língua insossa e apressada, fazem cara de quem fez direito, depois gozam e dormem um sono orgulhoso. Se for para isso, faço sozinha. Conversar ninguém quer, perguntar se tá tudo bem, sei lá, saber se almocei direito, se melhorou a amigdalite crônica, isso eles não fazem.

No trabalho só tem homem arrumadinho demais ou os que fingem que não se arrumam, mas fingem tanto que acabam ainda mais arrumados. A não ser o Yuri, meu Assistente de Redes Sociais. Esse é desarrumado mesmo, igual casa no fim de domingo. Um dia numa reunião do Marketing ele disse que não confiava em mulher de salto e eu tive que parar de imaginar que chutava seu calcanhar com meu salto oito por baixo da mesa. Tia Lourdinha diz que já conquistou muito homem assim debaixo de mesa de bar.

Conquistar é verbo de guerra.

De tanto ouvir minha mãe e tia Lourdinha perguntar se conheci alguém, eu inventei o Rafael. Rafael trabalha num escritório de advocacia no Vila Olímpia. Rafael me levou para jantar e a conta deu quatrocentos reais, ele pagou, claro. Rafael me levou para a casa dos pais em Campos do Jordão. Quando falei que o Rafael me pediu em casamento, minha mãe me mandou o vestido de casamento dela, e em duas semanas e eu tive que matar o Rafael.

O estagiário não encontrou nada, e na hora do almoço outra mensagem: Olá Mariana, sua impermeabilização está agendada. Obrigado pela confiança: Dr. LavaTudo Impermeabilizações.

* * *

Quando voltou do banheiro, Laura entregou um número de telefone para Mariana. É da empresa de impermeabilização do irmão do meu namorado, pedi para fazer um precinho bom pra você. Pouco depois, o Gerente de RH que já havia mandado algumas mensagens dizendo para Mariana não fugir, passou na recepção às sete em ponto. Mariana tinha acabado de voltar do banheiro com a boca preenchida pelo batom nude que comprou da Laura, que revende maquiagem para ganhar um dinheiro extra. Essa cor é coisa de mulher fina, vermelho é cor de quenga. Ela também explicou que se o Gerente de RH levar Mariana para um restaurante com frutos do mar, ela tinha que pedir ostra e comer de biquinho. Tem gosto de mar, você já foi no mar Mariana?

O carro estava na garagem do prédio, o Gerente de RH abriu a porta, e enquanto Mariana entrava ele perguntou se ela tinha fome. Ela disse que sim, e teve vontade de saber como era o gosto do mar. Ele falou de um restaurante Tailandês muito bom, que ficava mais perto da casa dele, no mesmo bairro do escritório. Mariana sorriu com a boca nude que a deixava ainda mais pálida e pensou em perguntar o que era a comida Tailandesa, mas a Laura também disse que era para ouvir muito e falar pouco. Obedeceu, a Laura é mais experiente, ela sabe como são essas coisas.

 O carro estava frio e ela colocou as mãos nos joelhos que ficavam de fora da saia. O uniforme de recepcionista era uma saia preta que ela achava muito justa mesmo sendo tamanho M. O Gerente de RH colocou a mão em cima da mão da Mariana e reclamou do calor.

 Mariana estranhou, mas achou que era assim mesmo.

 No meio do caminho o Gerente de RH disse que precisava dar um pulo rápido em casa, tinha esquecido o cartão de crédito e estava só com o cartão corporativo. A gente sobe lá rapidinho, bem rapidinho mesmo, eu pego o cartão e vamos pro restaurante, dá pra ir a pé, tá calor, vai ser mais gostoso». Enquanto terminava de falar já estavam entre os dois portões que formavam a clausura que separa a rua da garagem do prédio.

* * *

Quando liguei na empresa de impermeabilização do sofá só souberam me dizer que sim, tinham um agendamento com uma Mariana, mas não sabiam o sobrenome, deveriam cancelar? Perguntei o telefone dela e me disseram que era confidencial. Disse que era urgente, que encontrei a carteira dela e lá tinha uma cartão de visitas da empresa e eu só queria devolver, deixa eu fazer a boa ação meu senhor, por favor, já é tão difícil ser boa nesse país. Ele me passou e depois que eu anotei vi que era exatamente o número do meu celular.

Num impulso idiota eu liguei do telefone fixo e meu celular tocou na mesa. Yuri entrou na sala na mesma hora e eu fiquei tão nervosa que atendi a mim mesma e disse só um minuto, por favor, baixei o telefone e olhei nos olhos dele, provavelmente igual uma psicopata, mas na verdade não dava para ver os olhos dele, porque ele tá sempre de óculos, olhei e perguntei, pois não?

Ele disse que precisávamos alinhar a campanha digital do leite de amêndoas e eu perguntei se ele gostava de amêndoas defumadas. Ele não respondeu, claro que não, quem pergunta para um funcionário se ele gosta de amêndoas defumadas? Eu, a psicopata das amêndoas. Ele perguntou se podia sair mais cedo, era aniversário da namorada e ele queria fazer uma surpresa. Eu disse que sim, claro, pode ir agora se quiser, é sexta, dia de namorar.

Dia de namorar. Nem a tia Lourdinha fala dia de namorar.

O apartamento do Gerente de RH era tão grande que Mariana achou que só na sala caberiam facilmente duas tiny houses. São quatro quartos, ele falou. A decoração da sala parecia milimetricamente calculada, a estante tinha espaço entre os objetos e cada coisa parecia ter sido feita para estar onde estava. Mariana achou que mover um objeto seria como rasgar uma imagem de uma revista de decoração.

O Gerente de RH disse que já que eles estavam ali, deviam tomar uma bebida, para abrir o apetite. Pegou um vinho na adega de sessenta garrafas e Mariana pensou que deveria ser tudo vinho seco, mesmo sem saber bem o que significa um vinho seco. Pediu para ir ao banheiro e retocou o batom nude, e no espelho achou a saia ainda mais curta, mas quando ela puxava para baixo aparecia a barriga.

Quando voltou, o Gerente de RH sorria com as taças de vinho nas mãos. Eles brindaram, ela bebeu. Achou ruim, preferia que fosse um pouco mais doce.

* * *

A operadora disse que meu número estava duplicado e que para solucionar o problema uma das duas titulares teria que abrir mão da linha. Se eu mudar de número, minha mãe a tia Lourdinha vão encher meu saco. Disseram que entrariam em contato com a outra titular para tentar um acordo. Desliguei e pouco tempo depois o telefone tocou. Mariana? Era a operadora de celular.

Pensei em pedir a opinião do Yuri, ele é novo, entende dessas coisas de tecnologia, talvez achasse graça no papo do número duplicado, e me chamaria para tomar uma cerveja, me explica melhor essa história, Catarina, uma mulher louca te ligando para te ameaçar de morte? Liguei no ramal e o estagiário atendeu. O Yuri saiu mais cedo, Catarina.

Entrei no aplicativo que mais parece um supermercado de homens, apertei o coração sem significado na cara de uns cinco caras mostrando meu interesse repentino, amor à primeira vista de uma selfie bem-feita, até que um respondeu. Hoje à noite, ótimo.

* * *

Mariana acordou no dia seguinte se sentindo dolorida, sem entender porque estava na calçada. Doía tudo e ela não conseguia entender o que fazia na porta de casa, sentada no meio fio, entre uma moto mal estacionada e um saco de lixo de reciclados. Tinha a bolsa, a saia no corpo, verificou e viu que estava com o celular e a carteira. Era sábado cedo, mas não tão cedo, a rua já estava cheia. Um homem passou e gritou vagabunda. Colocou as mãos nas coxas e viu que a saia mostrava mais as pernas do que a barriga. outro homem pediu dinheiro e Mariana deu dois reais.

Resgatou alguma força, ainda sem conseguir encontrar a ordem certa dos fatos, sentia-se tão mal e só lembrava do brinde, da segunda taça de vinho e do Gerente de RH mostrando como funcionava o toca disco. Depois sentiu-se mal, pediu para sentar no sofá que perguntou se era impermeabilizado e ele disse que sim. Mariana não estava acostumada a beber e sentiu tonturas, e o Gerente de RH foi educado, disse para ela deitar no sofá e não se preocupar, que era normal e que o vinho era mesmo um pouco forte. Depois disso, não se lembrava de mais nada.

Mal entrou em casa a campainha tocou, quem é? Dr. Lava Tudo Impermeabilizações. Ela abriu e subiram dois homens vestidos de uniforme azul, ela tirou a roupa de cama que ainda estava no sofá, e perguntou alguma coisa sobre quanto tempo demorava, mas não conseguia entender o que os homens falavam, o som parecia que vinha devagar e ela disse sim para tudo o que disseram. Deixou os dois trabalhando e resolveu fazer um café.

Encheu o bule de água e a vontade que tinha era de entrar dentro da pia. E quando abriu a geladeira para pegar o café também quis entrar dentro e sentir o frio. O corpo doía muito, como se tivesse caído dura no chão. Deve ser ressaca, pensou. Mariana nunca tinha tido uma ressaca. Tentava com força lembrar como voltou para casa e não conseguia. Ela também quis chorar e não sabia bem por quê, mas achou que não devia chorar na frente dos homens.

* * *

O encontro foi num buteco e ele pediu uma cachaça e uma porção de fritas. Fomos pra minha casa, ele gozou rápido e disse que achava legal uma mulher solteira na minha idade. Le-gal. Vinte e quatro anos e mora com o pai, que o deixa pegar o carro se for sair com mulher.

De manhã perguntou se a gente podia pedir um lanche pelo aplicativo, eu ofereci ovos mexidos e um suco de laranja, e ele disse que achava legal eu saber cozinhar. Le-gal.

* * *

O cheiro do produto que os homens passavam no sofá era tão forte que as náuseas ficaram ainda mais forte. Mariana se apoiou na pequena bancada da cozinha e se lembrou da pia da casa do Gerente de RH, tão grande, bem no meio da cozinha, cabia até um neném, pensou. Lavou o rosto e sua pia se encheu de água, fazendo os pires, xícaras e colheres sujas boiarem numa piscina improvisada.

Querem algo pra beber? Café, água? Os trabalhadores pediram água gelada, mas só tinha natural. O cheiro é forte assim mesmo?, Mariana perguntou enquanto tentava manter-se de pé. Um dos homens disse que nem sentia mais.

Deve ser assim mesmo.

Os homens explicaram que depois que terminassem era preciso esperar três horas para deitar no sofá, é o tempo para secar a impermeabilização.

Mariana ouviu e assentiu com a cabeça, bem devagar, fazia tudo numa velocidade mínima e ainda que se lembrasse de algo, sentia que parecia que não havia vivido nada do que lembrava. O banheiro do Gerente de RH tinha uma toalhinha branca para cada vez que alguém usasse o lavabo, foi Laura que ensinou, banheiro na sala não é banheiro, é lavabo. O sofá era confortável e o Gerente de RH um homem muito gentil, mas o vinho seco tinha cheiro de madeira velha.

Suas coxas doíam cada vez mais. As coxas que a saia mal cobria. Na segunda iria pedir uma saia nova tamanho G.

Cheirou o café direto da embalagem para ver se a náusea passava. Sua mãe sempre cheirava o café quando estava nervosa com o padrasto e deixava Mariana pegar um pouco na mão para cheirar também. Tentou se imaginar tomando café com biscoito no sofá impermeabilizado, assistindo um filme com legenda na televisão nova, sozinha mesmo. Não queria tomar vinho seco nunca mais. Pelo menos café não dá ressaca.

Os homens pediram mais água, deixa a garganta seca, disseram. Mariana foi conferir, mas a as janelas já estavam abertas. Os dois usavam uma espécie de aspirador de pó que espalhava o produto por todo o sofá, dispensavam a máscara, mas tinham luvas de borracha nas mãos. Ao chegar perto com os copos nas mãos, Mariana chegou a tropeçar e se apoiar em um dos encostos.

Ei, não pode encostar ainda!

A memória dava uns pulos frouxos, mas o cheiro não ajudava. Mariana enfiou o nariz dentro da embalagem de café e respirou rápido.

A explosão aconteceu poucos segundos depois que Mariana acendeu o fogão. Um dos homens saiu correndo a tempo. O outro teve queimaduras de segundo grau em várias partes do corpo, menos nas mãos. Partes da janela foram arremessadas e de fora dava para ver o limite da quitinete pintado de fuligem. Por causa do acidente, o prédio teve que ser evacuado. Foram vinte e cinco bombeiros, dez viaturas, um helicóptero da Polícia Militar e o Samu. A Polícia Civil investiga o que causou a explosão, mas ninguém no prédio sabe dizer nada sobre Mariana, de onde é ou onde trabalha. Seu contrato de aluguel não tem nenhum contato de família e a empresa de sofá garante que ela forneceu apenas seu primeiro nome.

Ainda dá para ver a estrutura do sofá e uma das almofadas com estampa de abacaxi, no outro canto da quitinete. A bolsa de Mariana foi encontrada intacta na entrada do apartamento com seu celular ainda funcionando. Um vizinho adolescente que disse que não, não conhecia Mariana, sabia desbloquear o celular sem senha, e assim que ligou o aparelho leu a última mensagem não lida: Catarina, cadê você minha filha? Se não responder vou chamar a polícia.

RISOTO COM SHOYO

A água tem que cair na faca e depois nos dedos. Só assim o cheiro do alho sai das mãos. Parece mágica, mas tem alguma coisa a ver com íons. Eu não sei dizer o que são íons. O prato é um risoto de cogumelos shitake. Primeiro tem que fazer o caldo de legumes, é só ferver tudo junto, não precisa nem cortar em pedacinhos. Cebola, alho, um talo ou dois de salsão, cenoura, uma só, folha de louro e pimenta, se gostar, tem quem não gosta. Dá para comprar pronto, o caldo, mas ele disse que tem glutamato monossódico. Foi esse o meu assunto por um tempo, listei as comidas que tem glutamato e comecei a ler os rótulos de tudo que tinha na cozinha, que não era nem minha nem dele.

    Ele cortou as cebolas, sem chorar, tive que sair de perto senão chorava, e eu não sei se ele gosta de choro. Os cogumelos foram cortados em pedaços menores, mas antes ele separou o talo, essa parte demora mais para cozinhar, disse, e depois se lembrou que tinha esquecido de trazer o shoyo.

Para quê? Para o risoto. Nunca vi risoto com shoyo. Você quer cozinhar? Não, continua, não pergunto mais, prometo.

Eu abri a geladeira e tinha um shoyo light, com menos sódio, será que tem glutamato? Tem. O apartamento é pequeno. Cozinha junto com a sala, o banheiro separado, claro, e o quarto no mesmo cômodo é dividido por um biombo japonês. A bancada da cozinha é alta, com dois bancos também altos, desses que a perna fica sem jeito, balançando, e você não sabe se cruza ou se balança mesmo. O apartamento é de um amigo e eu não conheço seus amigos, mas este gosta de decoração oriental e sofá de couro preto.

A salsinha ele não lavou, e os pedaços que separou eram grandes, vão acabar grudando no dente e eu não trouxe escova de dentes, esqueci. Doura o azeite, muito azeite, a cebola, a salsinha, não muita, o alho, o arroz, depois coloca, aos poucos, a água dos legumes. Ele joga a bandeja inteira de cogumelos em outra frigideira para dourar na manteiga, bastante, até que murcham e o que parecia muito vira quase pouco. Salário, pipoca média, férias, meias brancas, fim de semana, marcadores de livros: muita coisa que parece muito, mas na verdade é pouco.

Será que tem outra colher de pau? Não sei, talvez nessa gaveta, tem de silicone, serve?

Ele não gosta de glutamato nem de colher de silicone. Ele também não gosta de bossa nova, de arroz integral, de vinhos frutados demais e de pessoas que fazem lista. Ele disse que gostou de mim na primeira vez que a gente saiu. Eu não fiz nenhuma lista nesse dia. Fomos num bar e sentamos no balcão onde as cadeiras também eram altas e eu balançava a perna. Ele segurou uma, a direita, e fez carinho no meu calcanhar. Eu não lembro se respondi sim, eu também gosto de você. Eu tomei dez chopes e não comemos nada. No fim do encontro fomos cada um para a sua casa, mesmo com vontade de irmos para o mesmo endereço.

Seu amigo é japonês? Não, mas morou um tempo no Japão. Fazendo o quê? Sabe que eu não sei. Ele é seu amigo mesmo? Claro que é.

Para o risoto ficar cremoso é preciso mexer com frequência e nunca o abandonar. Eu tomo mais vinho do que ele, que muda a direção dos movimentos circulares na panela com a colher de pau. Minha mãe sempre disse que se girar a colher para lados diferentes o doce desanda, mas eu não sei se serve para pratos feitos com arroz. Gosto do vapor que sobe do arroz. Dá vontade de colocar o rosto em cima da panela e respirar o sem graça do branco que é branco mesmo, não é igual ao branco indefinido da couve-flor, essa flor que não dá para colocar em vaso nem dar de presente como pedido de desculpas.

Ele coloca o sal refinado, mas a pimenta do reino joga na panela sem moer. As bolinhas explodem na boca, ele gosta. Esse é nosso terceiro encontro. O segundo foi num show de jazz, o lugar era pequeno e precisava ouvir em silêncio, e depois do show tinha um DJ, e a gente ficou se beijando num canto escuro. Eu tive vontade de levá-lo para o banheiro, mas não sei como se chama alguém para ir ao banheiro num bar intimista de jazz. Nesse dia eu também quis ir para um motel, mas fiquei esperando ele convidar, porque eu não podia pagar. Eu não sei se é verdade que aparece outro nome no cartão de crédito, mas dizem que pode vir como um restaurante, uma casa de show ou o nome de uma borracharia tipo Zé Pneus ou Socorro Imediato. Eu não tenho carro.

O risoto demora mais ou menos vinte minutos para ficar pronto e depois é preciso comer na hora. Ele rala um pedaço de parmesão num prato fundo e reserva, igual nos programas de culinária, onde os ingredientes são colocados em tigelas coloridas pelo assistente que deixou tudo preparado, e que o cozinheiro não vai usar porque o prato já está decorado e pronto para servir. Uma amiga trabalhou num programa de TV como produtora, e a modelo que apresentava não sabia cozinhar, mas dava audiência porque ela tinha mais de um metro e oitenta e prova a comida com a ponta dos dedos e não com a colher.

Ele coloca o shoyo, a manteiga, e mistura, desta vez sempre para o mesmo lado, depois coloca salsa fresca e uma pitada do queijo ralado, ele diz pitada, eu digo que pitada só vale para sal e pimenta moída, ele não responde.

Está pronto. Deixa que eu monto os pratos!

Abro o armário em cima da pia e encontro uma tigela pequena, dessas de sorvete. Coloco o risoto até preencher tudo, pego o prato raso, coloco de cabeça para baixo em cima da tigela. Viro a tigela também de cabeça para baixo junto com o prato, sem deixar que se separem. Bato no fundo de vidro da tigela com cuidado para o risoto soltar e tiro devagar. O risoto fica no centro do prato, como uma montanha solitária dessas que dá vontade de colocar uma bandeira em cima. Pego o azeite que tem um bico dosador e em movimentos rápidos faço pequenas listras. Coloco um ramo fresco de salsa no topo da montanha bonsai, dois tomates cerejas cortado ao meio, no sopé, e por fim ralo o queijo três vezes no ralador, que é para cair espaçado.

Você sempre faz isso? Só com risoto, aprendi num programa de culinária. Você assiste muita TV? Não, só programas de culinária mesmo. Já eu, destesto TV.

Para caber os dois pratos na bancada precisamos nos sentar um ao lado do outro. Antes de começar a comer ele me dá um beijo. Eu perco a fome e tenho vontade de me deitar nua no sofá de couro preto. Meus pés estão balançando no banco alto, e balançam cada vez mais rápido, até acertar o seu calcanhar com o bico do meu sapato, que tem bico mas não tem salto.

Ai, isso doeu! Desculpe! Tudo bem, vamos comer, se esfriar fica ruim.

Eu tento fazer carinho no calcanhar dele e ele cruza as pernas para o outro lado. O risoto está bom, mas um pouco salgado. Jantamos em silêncio, como os budistas. Eu não sei se ele segue alguma religião. Conheci um cara do Butão que comia calado mesmo se fosse um tira-gosto num bar, ele não bebia, mas ficava a noite inteira sorrindo. Depois de comer dois pratos, o segundo sem decoração, tenho vontade de dormir. O celular toca e ele atende no banheiro. Eu escuto.

Ele volta e me conta sobre os taninos do vinho e sobre como na dúvida sempre é melhor escolher um malbec argentino, até quando é ruim é bom, ele diz. Eu faço uma lista de coisas que até quando ruins são boas: batata frita, pizza calabresa, macarrão à bolonhesa, blusa branca de gola V, praia, primeiro dia de férias, cinema. Ele diz que tem batata frita que é muito oleosa ou murcha e que não dá para comer nem morto de fome. Fácil, só colocar catchup ou mostarda.

Quatro taças de vinho e um baseado depois, tenho novamente vontade de tirar a roupa e me deitar no sofá. Ele percebe e o beijo agora indica que é hora de fazer o que viemos fazer e que em casa não fazemos tanto, quase nunca. Ela só gosta aos domingos, ele trabalha muito, ela acha vulgar ficar de quatro, ele acha que fetiche é coisa de puta.

Aperto suas gordurinhas que flutuam sutilmente para fora da calça caramelo e gosto, mesmo tendo a vida toda preferido homens magros demais. O beijo tem gosto de shoyu. Antes de nos beijarmos a primeira vez achei que ele tivesse gosto de amarelo, mas como não sei qual o gosto de amarelo não tenho como comprovar minha teoria. Ele tira a própria blusa antes de tirar a minha. Eu não conheço esse roteiro, talvez eu devesse tirar a minha blusa enquanto ele tira a dele, mas ele tira a minha saia junto com a calcinha, que ele nem vê, e que escolhi para que fosse vista. Ele se ajoelha, sem pedir para que eu vá antes tomar um banho, e eu penso que terei que retribuir em vez de dizer apenas um obrigado.

O celular toca cinco vezes, o dele, que ainda ajoelhado tenta ignorar, mas seus olhos abertos miram em direção ao aparelho como se quisesse mostrar que está de boca cheia. Assim que desliga, toca de novo, uma, duas, três, seis vezes aquele toque que imita um telefone antigo. Para e depois começam os sons de mensagens iguais a uma campainha disparada. Ele me olha lá de baixo, não tão de baixo, porque só tenho um metro e cinquenta e seis. Me olha de joelhos, igual posição de reza, de penitência, de súplica, de pedidos de casamentos.

Preciso atender. Claro, atende.

Ele entra no banheiro e fecha a porta, que é fina, dessas de correr. Volto de viagem amanhã, meu amor, boa noite, também te amo. Pego meu celular que toca uma playlist variada de músicas para ouvir a dois, e resolvo responder a mensagem de boa noite que há duas horas espera resposta: bom plantão, meu amor, te vejo de manhã. Aumento a música e programo o despertador para tocar às cinco. Deito no sofá pequeno, só cabe uma pessoa, e minha bunda um pouco suada gruda no couro preto que, olhando bem, não é couro, é courino.

FERMATA

— O som é uma onda que vibra no ar, você precisa sentir, Paloma, você está sentindo? Miss Clarisse me fazia ouvir música clássica com os fones de ouvido no pescoço. Eu tinha quatro anos quando ela, uma inglesa de setenta anos, me dava aulas de violino. Antes, tomávamos o chá em xícaras de porcelana ouvindo Tchaikovsky. Chá-covisqui, eu dizia. Ela ria, mas logo depois fingia não achar graça. O chá era com leite e eu podia colocar dois torrões de açúcar enquanto ela colocava três, eu gostava, pareciam balas sem a cor do caramelo.

Quando eu era criança achava que podia controlar o som. Apertava o mute na televisão como se fosse Deus calando os apresentadores de tevê. Também gostava de ficar debaixo d'água abafando os barulhos do mundo. De sons repetitivos nunca gostei, a previsibilidade dos pingos de uma torneira vazando mais me entedia do que irrita. Melhor mesmo são os inconstantes, esses que não anunciam a própria chegada.

Meu brinquedo preferido era um sapo de madeira, desses que vêm com um bastão que você passa nas costas do bicho e ele faz um som feio e irregular, como se fosse um coaxo. Quando eu tinha três anos eu vi um homem tocar violino na rua e perguntei para minha mãe por que o sapo dele era maior do que o meu.

— O violino deve ser colocado em cima da clavícula esquerda e apoiado de leve no ombro do mesmo lado. Já o braço e o pé esquerdo devem estar na mesma direção. Ao segurar o violino a posição tem de ser natural, ele é parte do seu corpo. Paloma, você está me ouvindo?

As aulas começavam às cinco e vinte, Miss Clarisse não gostava de horários em ângulos de noventa graus e eu tinha de ser pontual. Primeiro ela dava a teoria e reclamava das minhas pernas balançando na cadeira acompanhando o som da sua voz, dizia que eu não escutava. Eu tinha um método, as pernas alternavam o movimento a cada palavra dita e se juntavam no final da sentença. Eu não entendia nada, mas repetia com facilidade o que ela ensinava. Esperava ansiosa a hora de colocar o violino no pescoço como se ele fosse as costas do sapo.

— O som produzido pelas cordas é transmitido para o corpo oco do violino que se chama caixa de ressonância. E é a alma que liga o tampo superior ao inferior e faz o som vibrar por todo o instrumento. Alma? É o cilindro de madeira que fica do lado direito do cavalete.

Foram dez anos de aulas ininterruptas e Miss Clarisse fazia questão que eu me apresentasse. Festinhas de escola, festas do bairro, pequenos concertos até os grandes teatros. Detestava. Não entendia porque tinha que tocar de preto e me irritava com palmas sempre na mesma hora e iguais, falta de criatividade. Quando acabava o concerto eu corria para um lugar silencioso onde eu pudesse ficar sozinha ouvindo música pelo pescoço.

Quando eu fiz quinze anos, Miss Clarisse morreu, diabetes, me disseram. Um dia antes ela me falou que sua vida parecia um violino de tão oca.

Os professores dos anos seguintes não me deram chá. Hoje, aos vinte e oito anos tomo café sem açúcar e acabo de abandonar a Orquestra Municipal de São Paulo, após ser diagnosticada com estresse crônico causado por esforços repetitivos. O maestro não se opôs, disse que não sei interpretar fermatas, além de detestar minhas roupas vinho ao invés de ternos pretos.

 O convite veio da Karina, uma antiga professora de Yoga que se mudou de São Paulo para Suzana, uma cidade que de tão pequena parece o interior do interior de Minas Gerais. É maravilhoso, Paloma, dependendo do horário posso dar aulas na praça e não se escuta um pio. Karina me arrumou um trabalho: dar aulas de violino para surdos. Vai te fazer bem, você anda muito estressada. Em troca me darão uma casinha de dois cômodos no fundo da paróquia, aulas de libras e uma conta aberta no mercado porque o padre é o dono do comércio.

Aceitei.

* * *

Suzana tem 87 anos e sua geografia urbana é composta pela rua hum e rua dois. Do total de 700 habitantes 175 são surdos ou com audição reduzida e a grande maioria da população é idosa. A vila, que um dia foi fazenda, pertencia a um casal de surdos que tiveram três filhos e dois netos, também surdos que, por sua vez, tiveram quatro filhos surdos e apenas uma filha que escutava. Foi ela quem fez da fazenda vila, e logo depois se elegeu prefeita. Com o tempo, vários deficientes auditivos foram atraídos para a região.

* * *

Foram setenta e sete concertos, quinze consultas com ortopedistas, alguns milhares gastos em remédios para dormir e outros tantos de reais em modelitos vinhos, quase pretos. Tocar numa orquestra era o meu grande sonho, mas depois que se realizou fui atrás de outro motivo para insônias. Queria ser o primeiro violino.

Na adolescência praticava diariamente, foi a melhor forma que encontrei para não ter que me enturmar, como pedia insistentemente minha mãe. O resultado foram vários terapeutas e alguns atrasos, como a perda da virgindade somente aos vinte e três anos. Namorados foram dois, da orquestra. O primeiro me trocou por uma pianista belga, e o outro por um maestro pernambucano. Quando eu fico triste me tranco no meu pequeno quarto acústico. Sempre gostei mais de caixas de ovos vazias do que de pessoas.

* * *

Um dia o maestro me chamou na frente da orquestra e disse que eu era um exemplo do que não se fazer. Me mandou tocar uma nota e enquanto gritava, pare de prolongar minhas notas, jogou meu arco em direção à orquestra. Acho que foi o João do clarinete que saiu com um corte na testa.

* * *

Miss Clarisse só usava roupas monocromáticas de cores vivas. O macacão laranja era meu preferido, parece roupa de gari, eu falei. Como punição ela me fez tirar o lixo da cozinha. Às vezes eu ia à sua casa mesmo sem ter aula, ela estava sempre sozinha e seus filhos só vinham no Natal. Miss Clarisse me disse que um bom músico é aquele que sabe interpretar os silêncios e que as pausas são tão importantes como os sons, e eu achei que isso servia também para a vida. Nesse mesmo dia ela me deixou experimentar um pouco de vinho, é igual suco, pode beber.

* * *

Imobiliária avisada, anúncio do sofá feito e cama desmontada num ato de fé, duvido que vá caber no quartinho de Suzana. A coordenadora do curso de músicas para surdos só conversa comigo por e-mail e mensagens de celular, uma vez mandei uma mensagem de áudio. Não tive resposta. Comecei a estudar libras antes da ida e demorei três aulas para conseguir dizer o meu nome.

Quando você é surdo você recebe as vibrações do som, mas existe algum problema de comunicação com o cérebro que faz com que o surdo não reconheça essas vibrações. O que não significa que eles não sentem a música. Acho que Miss Clarisse era uma surda que ouvia.

* * *

Na mudança não encontrei meu sapo de madeira e achei que isso era um sinal de azar. Não acredito na sorte, mas no azar sim. Fui numa loja de artesanato indígena tentar achar um igual, loja nova em bairro chique onde em cada objeto tinha o nome da tribo. Achei, custava cento e dois reais, é de pau-brasil, a moça disse. Preferi o azar. Ao desfazer o armário doei todas as minhas roupas pretas e fui atrás de um macacão laranja. Do jeito que eu queria só achei um azul, nunca gostei de azul, mas os moradores de Susana não sabem de qual cor eu gosto. Meus móveis foram de caminhão e me enviaram uma passagem de avião para a semana seguinte, tive que chegar e pegar um ônibus para Chinelos e depois outro de linha para Suzana onde minha amiga, que nem é tão amiga assim, estava me esperando.

Também comecei um curso online de como fazer seu próprio vinho em casa, Karina me disse que no mercado só tem cachaça e conhaque.

* * *

— Alô Paloma, tudo bem?
— Tudo, quem fala?
— Henrique da OSESP. Queria te parabenizar, você foi escolhida para ser nosso primeiro violino na próxima turnê, o Pedro está de mudança para o exterior e queremos você no lugar dele.
— Eu?

— Sim, os ensaios começam amanhã, te aguardamos uma hora antes para assinar o contrato, ok?

— ...

— Paloma, você está ouvindo?

* * *

Miss Clarisse nunca tocou numa orquestra, aprendeu violino com o pai que era músico e que exigia que ela tocasse para os convidados quando em noite de jantar. Seu falecido marido foi um famoso pianista de jazz. Seu filho mais velho é maestro e quase todo ano tem apresentação no dia de Natal. A única vez que ela subiu num palco foi em 1942 num concurso de beleza do interior da Inglaterra. Perdeu.

* * *

Em Suzana as pessoas me cumprimentam apenas com movimentos de cabeça e a vila é tão silenciosa que todo som é imprevisível. Aqui um latido de um cachorro de pequeno porte parece uma batida de caminhão na Marginal. A máquina registradora do mercado de três prateleiras tem som de dinheiro e todo mundo mantêm seus celulares no silencioso.

A casa é na verdade de um cômodo. Doei a cama para o Padre e dobrei o lençol queen em dois para caber na cama de solteiro. As aulas começam apenas na semana seguinte e Karina me chamou para fazer aulas de yoga no pátio da escola. No mercado consegui comprar um pacote de pão de forma e cem gramas de queijo mozarela. Não havia chás de infusão, mas me prometeram uma muda de erva cidreira.

* * *

No primeiro dia de aula fui com uma tradutora e quando eu entrei no salão da paróquia os alunos ouviam música pelo fone, no ouvido. Pedi que se apresentassem e um adolescente me disse em silêncio que gostou muito do meu macacão azul.

CALO

Eu nunca quis ser mãe. Até o médico dizer que eu não poderia ter filhos. O problema, já nem lembro. Não importa. Médicos erram, todo mundo erra, eu erro, ele erra, vós errais, vocês. Minha vó gostava de dizer vós. Insistia que a língua estava empobrecendo. Mania de achar que o antes é sempre melhor que o depois. Foi só saber que não podia engravidar que eu, trinta e dois anos, empresária, dona de uma rede de franquia de sapatos, casada, com marido de trabalho fixo, desses com salário bom e aposentadoria privada, foi só o médico usar o advérbio nunca, é de tempo ou negação? Nunca não é antes nem durante nem depois, então se for marcar, se fizer uma linha do tempo, coloca onde? Só ele dizer que eu pensei que sim, um filho, filha, seria bom.

Antes não.

Antes filho seria uma pedra no sapato. Todo mundo fala, tem que ter. Perpetuar a espécie. Deixei para pensar depois e quando pensei, Jesus, não, filho não. Como trabalha? Marido continua no puteiro depois do trabalho porque reunião depois das nove é com mulher no colo. Sei porque fui atrás, vi, paga cinquenta ganha uísque de graça. Marido lá, eu em casa com neném agarrado no bico do peito. Lembro a primeira vez que me perguntaram, depois do casamento. Olhei para a amiga da minha vó. Eu, dois meses de casada, magra, vinho de segunda a domingo, maconha de vez em quando, para relaxar. Foi quando pensei, imagina ficar tanto tempo sem beber, corpo muda, cresce, têpêêmê infinita, vai que enjoo de gorgonzola. Uma amiga teve intolerância a lactose. Ela não, o filho. Sacrifício por amor, ela disse. Deus me livre, pensei, e olha que nem sou religiosa.

Respondi que sim, teríamos. Para a amiga da minha vó e para todas as perguntas enxeridas que vieram. Mais fácil, se disser não tem que prolongar argumento. Para o João, o marido, era igual, mas diferente, vamos sim, outro dia, mais para frente. Estava decidida, não sou de hesitação. Nunca. Não dava para colocar filho na nossa linha do tempo. Criança até gosto, sempre gostei, mas também adoro montanha russa e nem por isso vou todo dia ao parque de diversões.

Você está me escutando?

Preciso te contar tudo, sem mentiras. Eu achava mesmo que filho era tênis apertado no meio da maratona. Nunca corri. Tenho condromalácia patelar, toda vez que ando a patela encosta no osso porque não tenho cartilagem, tecido conjuntivo que também é um tempo verbal. Vovó mandava eu conjugar verbo na mesa antes de comer, tipo reza mesmo. Vovó devia se chamar Norma. Devia porque morreu. Dizia que mulher tem que ser inteligente para segurar marido. Já minha mãe era dona de casa, mas não dona da casa. Só eu de filha. Meu pai, só trabalho. Chegava sempre depois das dez, onze, ou quando eu nem ouvia. Lembro dela varrendo a casa, todo santo dia. Poeira, minha filha, é igual homem, você acha que se livrou, ela volta no dia seguinte. Reclamava e varria. Até morrer de acidente de carro quando eu tinha doze anos. Por isso não dirijo, quando eu morrer, não vou estar na direção.

    Só que para ter motorista tem que ter dinheiro. Estudei publicidade. Marketing. Fiz pós, MBA, fui trabalhar em empresa grande. Mas isso era o plano B. O A era meu próprio negócio, o Z era o marido. Casei com o plano Z e montei a franquia de sapatos. Tem que ter o pé no chão. E com filho mulher só ganha falta de tempo, escassez de produtividade, de sexo, de lazer. Claro que gosto de criança, uma das lojas é de calçado infantil. Só que eu sei onde o sapato aperta, e falar que cede é lorota de vendedor.

Um dia você vai me entender.

Quando o médico disse que eu nunca, never, rien, poderia ter filho, ah nunca deixei homem dizer o que eu posso ou não posso fazer. Sai do médico e liguei logo para o João. Não atendeu. Oi amor, muito trabalho ligo depois. Tudo bem, nada sério, deixa pra lá. Não contei, ele nunca perguntou. Melhor assim, vai que acreditava no senhor doutor. A noite fiz jantar, cozinho mal, mas sei comprar de procedência. Peguei o vinho da adega, o baseado já tenho bolado. Depois do jazz, AC/DC, que eu gosto de fazer sexo com rock and roll. Era segunda-feira. Hoje não é dia de sexo, meu amor. E sexo tem dia? Ué, não, mas amanhã acordo cedo. A gente não transava há uns dias. Meses, sei lá, não contei. Parou de questionar assim que tirei o vestido. O mesmo na terça, quarta e quinta. Sexta teve jantar na casa de um casal chato. Ela só sabe fazer bacalhau com ervilha e molho branco, ervilha não é comida, sinto muito, sinto nada. Sábado e domingo mais sexo vinho, AC/DC, aproveitei porque depois ia ficar muito tempo sem. Bebi muito. Uma, duas semanas de regime intenso de álcool, até que eu senti, eu sabia. Vomitei. Tá de ressaca? Não, não é ressaca, é nossa filha.

Monique.

Depois que minha mãe morreu, fui morar com minha vó. Meu pai mandava dinheiro, chamava de banco pai. No Natal e no aniversário o envelope vinha com um cartão apenas com sua assinatura. Quando eu fiz quinze anos quis ir para Disney, todo mundo ia. Minha vó pediu dólar e ele mandou, desta vez com um cartão: Dinheiro para a viajem. Feliz aniversário. Vovó devolveu o bilhete com a revisão de português viagem e um ps: na próxima, mande apenas o dinheiro.

Ele, meu pai, era engenheiro, desses de calça social cinza escuro, blusa social azul cueca. Era, porque morreu. Trabalhou muito até ter escritório em prédio grande de vidro verde espelhado. Vovó era professora de português, viúva que gostava de jogar a pensão no bingo clandestino. Eu adorava ir junto, colocar o feijão na cartela e comer batata frita com cinquenta por cento de desconto aos domingos. Vô nunca tive. Mulher nessa família tem sina ruim. Morre ou enviúva antes das bodas de seda. Me disseram que é preciso três gerações para se fazer um louco. Por via das dúvidas, vovó me mandou rezar. Para evitar a sina, ela dizia, rezei.

Eu é que não ia colocar ninguém no mundo. Nascer para quê? Vai que vem mulher. Lugar chato, nada funciona e se funciona cobra caro.

No primeiro enjoo eu sabia que não era o gin. Era você, minha menina.

Parar de menstruar foi a melhor parte. O exame deu negativo, falso negativo. João me mandou no médico, para que? Vou quando der a barriga, aí ele vai ver. Até parei de beber, nem sei como, acordei querendo chá de romã. O peito cresceu, marido gostou, antes não queria sexo, depois era todo, todo. Vai ser bom, você pode trabalhar menos, vou cuidar das minhas meninas. Até gostei, era filme, brigadeiro de colher, já estava gorda mesmo e dai. Três meses. João queria ver o ultrassom, mas naquele médico eu não volto. Sabe nada. De mim cuido eu. Disse que fui, tudo certo. Você mexia, eu sentia. Mãe sabe quando tudo vai bem.

Uma vez meu pai me chamou para passar o Natal com ele e a mulher. Eu não queria, vovó mandou, eu tinha dezessete. Casa de praia, ele de caiça caqui, blusa branca e sandália de couro, ela de vestido que voava com qualquer brisa e sandália plataforma com salto de palha. No almoço me contaram cheio de dentes brancos e boca aberta. Você vai ganhar uma irmã e queremos que você venha morar com a gente. Ela que disse, meu pai de mão dada, dedo entrelaçado, um a um. Quem dá a mão assim? Parecia reza. Lembro que engoli o peixe cru e depois vomitei, ali mesmo, na grama verde recém cortada. Não disse nada, dizer o que. Passei o Natal enjoada e tive que dormir num quarto com papel de parede de princesa e um berço branco. Princesa o caralho. Liguei para minha vó, e ela disse que seria bom, ela estava ficando velha. E daí que ele não sabe português, ficou rico fazendo conta, vai pagar sua faculdade, agora deixa sua vó morrer em paz. Me mandam tomar remédios dizendo que tudo isso vai passar. Não filha, não se preocupe. Rezo todo dia. Seu pai não conseguiu te ver no ultrassom porque homem é assim mesmo, só vê o que quer. Disse que conversou com o médico, que sabe tudo. Sabe nada. Li na internet, tem caso que cresce escondido. Deus ajuda. Não precisa ter medo minha filha, pode aparecer. Já comprei seu primeiro sapatinho. Não vejo a hora da gente calçar o mesmo tamanho.

SAUDADES DO FIM DO MUNDO

Acho que quando a gente se conheceu era o terceiro fim do mundo, é isso, teve o de mil novecentos e noventa e seis quando um americano disse que no dia dezessete de dezembro todos os terrestres seriam incinerados por extraterrestres e anjos (sim, por ambos). Mas a gente era muito novo para achar que alguma coisa acaba. Aos quatorze anos nada acaba. E desse fim ninguém ficou sabendo, nem nossos pais. Depois veio o segundo, aquele que disseram que a estrela Alpha Centauri ia explodir e liberar uma corrente de raios mortais que deixariam a Terra escura por doze anos. Minha teoria preferida, lembra? Voltar aos jantares à luz de velas, achava mais romântico que aquele abajur que você comprou e a gente controla pelo celular. E quando decidimos adotar um cachorro você o chamou de Centauri, e eu tinha medo, porque achava que com esse nome ele podia morrer a qualquer hora.

A gente se conheceu na véspera do fim do mundo do terceiro milênio, aquele do bug e da previsão de Nostradamus. Esse fim era confuso, ninguém sabia ao certo se seria um tsunami, o colapso dos computadores ou o asteroide Toutatis que iria colidir com a Terra. E eu queria que Toutatis fosse o nome do nosso segundo cachorro, mas você achou loucura ter outro bicho e me restou dar o nome para o cacto que morreu no mês seguinte porque eu dei água demais. Tsunami, você disse.

Dois jovens, tão jovens, e achávamos que o mundo acabava todo dia, mas ao mesmo tempo a gente também acreditava que era herói demais para morrer.

Hoje eu sei que herói mesmo é quem sabe a hora de fugir.

Foi nossa a ideia de celebrar os fins do mundo, era uma ótima ideia, afinal o mundo estava sempre em vias de acabar e as festas temáticas eram mais divertidas. Teve aquela em dois mil e dez, não me lembro do motivo do fim, mas cada um tinha que ir fantasiado de último desejo. A gente já estava junto, casamento e tudo, e eu fui de queijo parmesão curado trinta e seis meses, e você foi de macarrão à bolonhesa com uma peruca loira toda ondulada, um vestido tubinho vermelho curto e na coxa você escreveu: coxão mole.

E todo mundo falava que éramos o casal perfeito até nos desejos de fim de mundo, e eu achava que casar era isso mesmo, esperar o fim do mundo juntos, com o Centauri deitado no tapete da sala querendo passear e a gente com preguiça. Casar era querer sair só quando o mundo estivesse em vias de acabar ou quando acabava o vinho ou o chocolate com amêndoas e eu menstruada, quero doce meu amor. Casar era sair só para comprar pipoca de microondas sabor bacon, e daí que faz mal, vai que o mundo acaba amanhã? Era ficar ali mesmo, assistindo filme de ficção cientifica ou um documentário do Discovery Channel e às vezes fazendo sexo no sofá, eu de calcinha vermelha grande e você com aquela calça do olodum de quando quase resolveu fazer capoeira.

Até que a gente descobriu que as coisas realmente acabam.

Tudo começou na festa de fim de ano de dois mil e doze, a do calendário Maia. Antes fizemos a viagem para o Peru e a Bolívia. Lembro de nós dois na caminhada de cinco dias para o Machu Pichu, você levou minha mochila e eu a sua porque a minha estava muito pesada e você disse que era por causa do secador de cabelo. Quem leva secador de cabelo para o Machu Pichu? Você gritou, do nada, e mesmo sem ar, você menino com asma que virou um adulto com resistência a admitir que tinha problemas respiratórios, mesmo sem ar você gritou comigo no meio da caminhada e eu comecei a chorar.

Na volta teve a festa na casa do Pedro, no apartamento da Rossevelt, a gente estava num grupo discutindo se o fim seria com a queda de um cometa sobre a Terra ou o desprendimento dos polos. Olhamos na internet quanto custava um bunker, e era dia vinte e um de dezembro e em algum lugar no Estados Unidos houve um recorde de pessoas que pediram folga para passar o último dia de vida com suas famílias. O mundo ia acabar no dia seguinte e quando perguntaram o que nós iríamos fazer você disse que tinha marcado de jogar squash com seu pai e todo mundo ficou em silêncio, inclusive eu.

E eu pensei na menina de quatorze anos que achava que nada acabava, e quis contar para ela que sim, as coisas acabam, que o fim do mundo não é o fim do mundo, mas é um tanto de fim juntos que a gente vai engolindo, às vezes sem nem ter sede, igual aos dois litros de água que tem que tomar por dia, quem é que toma? O fim do mundo é um aglomerado de fins que se diluem em sutilezas que sozinhas parecem pouco, mas que vão formando um rio que um dia fica sem vazão e transborda. O fim do mundo é o fim da manteiga sem sal, da geleia de amora que eu comprei na promoção e depois voltou a ficar cara. É o fim da bateria do celular que antes durava o dia inteiro, do pacote de internet, das ideias para escrever aquele livro de ficção científica que ia virar série e depois filme e nós iríamos ficar ricos, é o fim do dinheiro e o início das brigas como para quê um secador, a louça não tá limpa, não quero almoçar com a sua mãe.

O fim do mundo é o percurso reto para a morte porque se você morre seu mundo acaba, mas se outra pessoa morre, também, e disso a gente não sabia, que o fim de um pode ser o asteroide do outro.

Mas isso foi depois. Antes você foi jogar squash, o mundo não acabou e a gente nunca mais fez festa de fim do mundo. E eu queria poder dizer que você é o meu herói que sabe a hora de fugir e sobrevive, mesmo sem mim. Eu queria dizer que você saiu quando era mesmo para sair, que o casamento já era, o mundo lá, acelerado, e o nosso fim decretado sem que ninguém fizesse a previsão.

Eu queria, mas a gente nunca acertou como seria nenhum final.

Tolos. Dois tolos, acho bonitinho dizer tolo que é para não dizer idiotas. Dois idiotas achando que o fim é explosão e terremoto e esquecemos que um fim pode ser só porque acabou a luz ou a gasolina. Pode ser porque acabou o tempo de fazer a mímica depois de virar a ampulheta ou terminaram as senhas grátis para checar a pressão e vacinar contra a gripe. Um fim pode ser um acabou a empanada de carne, aceita quatro queijos? Um fim pode ser qualquer coisa idiota, idiota mesmo, como um tropeço. E você tinha ido comprar aspirina porque desde a viagem do Machu Pichu eu vivia reclamando de dor de cabeça. Claro, uma briga atrás da outra, a amante, que fim mais clichê esse de descobrir a amante. E foi só isso, você foi na farmácia por causa da sua vontade de ir depressa a qualquer lugar. E você correu um pouco mais porque o sinal abriu e porque o sinal abriu a moto acelerou, é isso, todo mundo tem pressa, todo mundo tem sempre que chegar em algum lugar, porque ninguém se lembra que o fim pode estar no meio do caminho e quanto mais pressa, mais rápido chegamos no fim.

Você correu, provavelmente irritado com as buzinas, e enquanto corria deve ter se lembrado daquele velhinho que disse para gente num dia que quase avançamos o sinal de pedestre, ele disse que é melhor perder um segundo da vida do que a vida em um segundo.

Nosso fim foi por um segundo, ou dois, ou três. Um fim por causa de um tropeço.

E eu quis tanto que a terra explodisse, rezei tanto para um asteroide, acendi vela para Nostradamus, fui no centro da cidade procurar previsões de religiosos fanáticos, devia ter algo, algum fim próximo. Mas não, ainda faltavam quatro anos para a inversão dos polos magnéticos da Terra que vai inundar cidades e continentes, e eu vou ter que construir um barquinho só para mim e o Centauri, porque quem acabou foi você, e de um jeito tão idiota.

A gente pensando em vulcões, bombas químicas, invasão extraterrestre, mas não, agora eu sei, agora eu tenho certeza. Quando o mundo acabar vai ser de uma forma bem estúpida, absurda mesmo. Alguém vai esbarrar num botão e acionar uma bomba atômica porque estava bêbado de gin barato; ou uma estagiária vai liberar um vírus epidêmico porque achou que o potinho estava vazio e ela queria só uma embalagem para guardar o brinco que perdeu a tarracha; ou um controlador de satélites vai mudar a rota de um satélite enquanto dá um amasso na cientista, os dois casados, fim de expediente e os dois em cima da mesa de computadores de controle e a bunda dela em cima do teclado touch screen, e o satélite vai cair numa velocidade para além do calculável e vamos todos explodir enquanto passamos a manteiga sem sal no pão de sal ou raspamos o fim da geleia que voltou a custar quinze reais.

ARO QUINZE

Os motoristas olham para mim antes de ultrapassar. Se eu pisco, está autorizada a passagem. Mas como não sei piscar de um lado só, alguns não entendem. Tem quem chegue num perto tão perto que eu quase fecho os olhos. Papai vai rápido, mas seu rápido é devagar perto dos outros rápidos. Mamãe diz que nosso carro é velho e não consegue acompanhar os novos. A professora disse que eu sou nova, mas preciso seguir a classe. Nasci no meio do ano há cinco festas juninas. Sempre gostei de pé de moleque e não de canjica. Fui para a turma da frente mesmo com a matemática da turma traseira. O fusca é antigo, mas tem um som novo que a vó trouxe de viagem para país de oceano diferente. Quando tem propaganda, mamãe muda de estação. Ela gosta dos volumes pares e meu pai dos múltiplos de cinco. Eu sei a tabuada até o oito. A mesma idade do irmão mais velho. Se ainda fôssemos seis não caberíamos aqui.

    O irmão do meio é um ano a mais do que eu. Gosta de dormir invertido com os pensamentos no lugar do pé que já calça trinta e quatro. O maior ocupa todo o banco afundado em travesseiros de fronhas infantis. Quase nunca levanta. Desde que descobriu que o número da sua idade, quando na horizontal, significa o infinito, vive deitado. Acha que assim pode ser imortal. Eu acho que viver para sempre é igual comer bolo de chocolate todo dia, acaba enjoando. Para mim sobra o buraco entre o banco de trás e o fim da curva do carro bola. Tatu bola. Meu pai diz que eu sou seu retrovisor traseiro. Já contei nove carros pretos, três brancos e um vermelho. A estrada parece uma caixa de lápis de cor triste.

Quem ver o mar primeiro, ganha um guaraná! Pode ser Fanta uva?

Meu pai diz que ainda faltam quatro paradas para chegar. Diz que paramos a cada duas horas. Eu não sei fazer conta se não tiver papel. Os irmãos levantam querendo logo ver o mar. Grudam na janela que parece um filme no modo rápido. Sei que vou ganhar um guaraná mesmo se daqui de trás eu for a última a ver aquele tanto de água salgada. Prefiro quando meu irmão do meio dorme. Acordado ele joga gelo do isopor de comida no meu buraco. Tinha outro irmão do meio, o miolo dos irmãos era feito de dois. Eu reclamo, mamãe não percebe. No volume vinte ela e meu pai escutam mal. Às vezes ela olha para trás. Ela tira as mãos da nuca do meu pai, coloca no joelho do irmão do meio e faz um carinho leve e lento. Se deito, consigo me esconder no espaço onde as pernas não esticam. Deixo de ver os motoristas e fica liberada a ultrapassagem do nosso carro que não corre. Cubro-me com as mãos e finjo estar no porão de um navio que não precisa esperar tantas paradas para ver o mar.

Parada rápida! Pedro, leva sua irmã no banheiro.
Ah, mãe! Sem reclamar. Vitor, você vem comigo.

Não quero ir ao banheiro de homem com meu irmão. Ele me deixa ir sozinha. Não pode encostar a mão em nada. Como faz para não encostar na privada? Na porta do banheiro está escrito um número de telefone. Embaixo, com outra caneta, diz que não existem pessoas normais. Eu aprendi a ler, mas meu pai fala que não sei fazer interpretação. Acho que sou normal, mas não quero deixar de existir. Porque só vive quem a gente vê? Mamãe diz que meu outro irmão do meio não existe mais. Ela vai ficar brava, encostei em tudo. A pia é gelada e dá vontade de deitar em cima, mas eu não alcanço a torneira. O mais velho não me esperou. Ele tem medo de ir embora igual seu irmão mais novo e por isso fica deitado. Acho que ele não é normal, talvez ele vai existir para sempre.

Julia, você lavou a mão? Lavei mãe, duas vezes. Não mente pra mim. Você sabe que o que a gente não vê também pode fazer mal.

Eu ganho um sanduíche que minha mãe pega do isopor, sem presunto, e um copo de suco de laranja sem gominhos. Só meu pai consome no bar, um café e um pão com linguiça, comida de motorista. Ele compra sempre uma revista, escondido. Eu vejo e nunca falo. Antes de entrar no carro ele fuma dois cigarros com as pontinhas laranjas e coloca ar no pneu até apitar no número trinta. Mamãe sabe dirigir, mas não na estrada. Tem medo. Mas ela gosta de sentar no banco do motorista e ligar os faróis. Ela sempre pergunta para o meu pai se as luzes estão ligadas, mesmo de dia. Meu irmão do meio era vezes dois. Tinha outro igual. Idêntico. Aprendi a falar essa palavra há pouco tempo. Primeiro fala o i, depois fala dente, depois co. No dia em que ele desexistiu estava eu, ele e a mamãe. Era noite e acho que ela ultrapassou antes de alguém piscar. Desde então ela nunca deixa o do meio sozinho.

Meu buraco parece uma praia de biscoito de polvilho sem mar. Já faz três anos que não vamos a praia. Meu pai diz que faltam duzentos quilômetros, mas ele não sabe me dizer quantas réguas são. Desde que não pôde mais ver o outro irmão do meio, acho que mamãe tem problema de não visão. Ela não consegue ver atrás do fusca. Tenho uma colega que não usa a tabuada da régua porque só vê o que está longe. Eu não sei quantas réguas tem entre mim e o banco da frente. Acho que mamãe só enxerga até o meio do carro. Ela não gosta de ter filhos em número ímpar e não deixa ninguém falar que meu irmão morreu. Se fôssemos seis, não caberíamos no fusca.

Mãe, quando a gente diminui uma pessoa, para onde é que ela vai?

O irmão do meio joga um gelo no meu buraco e diz que eu sou burra e não sei matemática. O mais velho diz que quando eu fizer oito eu também vou poder existir para sempre. Mamãe coloca o volume no trinta e não me responde.

PARECE SINFONIA, MAS É SONATA.

Fica bom, colocar algumas ervas frescas na hora de dourar a cebola no azeite, pode ser salsinha, coentro, orégano, depende do prato, da receita, quero dizer. É estranho dizer prato quando se quer dizer comida. Prato é só o suporte, pode ser de qualquer jeito, plástico, vidro, porcelana, cerâmica. Cerâmica não, que me dá gastura, o garfo arranha e faz aquele barulhinho. Ai. Mas se a comida é boa dane-se o prato. Já panela tem que ser boa pra comida ficar boa. Essa aqui tá toda arranhada, melhor comprar outra. Culpa dessa colher de inox, chique, mas ordinária. Presente de casamento, tanta coisa que nem usei. Rechaud, prato giratório, guardanapo de pano, imagina só, lavar baba dos outros. Foram muitos, teve festa e tudo. Tudo o quê? Cada um tem o tudo que merece. Foi bom ganhar presente. Mas colher de inox é só pra comer. Pra cozinhar tem que usar colher de pau. Onde é que tá? Não lembro. A colher de pau, deve estar nessa gaveta aqui. Na segunda, talvez na terceira.

É tão bonita essa frase, dourar a cebola, eu acho. E doura mesmo, cheiro bom, cheiro de que vai ter jantar na mesa. Cheiro de casa de mãe. De vó não, que a minha não cozinhava nem ovo. Minto, ovo minha vó já fritou, queimou a cozinha toda, o teto todo preto e a panela teve que jogar fora, claro. Também não tinha marido pra mandar cozinhar, foi assim que não aprendeu. Já minha mãe, um marido e cinco filhos, aí não tem jeito. E tudo tem. Cebola, tudo tem cebola. Tudo não, mas quase tudo que é de sal e se cozinha pro almoço. Tantas possibilidades numa cebola dourada no azeite. Nada de óleo, mas azeite extra virgem. Esses mais baratinhos são azeite tipo extra virgem. Igual peixe tipo bacalhau ou sabor artificial de baunilha idêntico ao natural. Dizem que a baunilha artificial vem do cu do castor. Tem alguma proteína, sei lá, tira de lá, nojo.

    Cadê a colher, a grande. Não é possível, onde estão as colheres de pau, ai meu Buda! Aprendi na Tailândia, fomos juntos, eu e o Rafa, e o guia ficava repetindo, ai meu Buda! Onde estão essas outras colheres de pau? Engraçado que fala pau, mas é madeira. Todo pau é de madeira, mas nem toda madeira é um pedaço de pau. Toda colher devia ser de pau. Tem gente que não gosta, diz que é difícil de limpar, deixa sujeira, melhor a de silicone. Frescura. Cadê? Quero a grande, essa não, a grande, essa é de servir patê. Detesto. Só tem uma, eram seis, um conjunto de louça para petiscos e num dos potinhos brancos, quase fundo, nem tão fundo, se colocava o patê. Colherzinha de patê, é isso, serve pra dourar cebola. Tem que ser a grande. Eram seis, uma diferente da outra, produção artesanal. Compramos no interior. Eu e o Rafa. Sobrou só essa. Tinha a piada, eu lembro, mãe só tem uma, uma propaganda de refrigerante. Não deu tempo de ser mãe. Ele tinha mania de usar mini colher de pau pra cozinhar. O Rafa, meu marido, ex-marido, sei lá. Ele era grande, mas gostava de coisas pequenas, um menino grande que gostava de coisas miúdas. Dourava a cebola com a mini colher como se fosse uma criança brincando. Eu brincava de cozinha quando era criança, mas preferia as colheres grandes, queria tudo real, igual da minha mãe. Criança tem disso, quer ser igual a mãe, mas depois que cresce quer ser diferente. Eu não sei se ele brincava quando criança. Quando velho sim. Velho não, adulto, o suficiente pra ser cheio de manias. Menino adulto. E tudo era motivo de riso, é bom né? Pessoa que ri. Boca aberta demais entra mosquito, eu dizia, entra nada. Eu gostava do riso. Dele. Eu sempre ri menos. E ele usava a mini colher só porque eu dizia que não podia, estraga, para. Menino é assim, você diz não e ele quer ainda mais. Também gostava de cortar as cebolas bem pequenininhas, coisa de menos de um centímetro. Eu não sei fazer uma lista de

coisas que têm menos de um centímetro. Talvez a unha do mindinho de alguém que roí unha, o grão de açúcar refinado ou mascavo, tanto faz; o olho do peixe confinado no aquário; a semente de uma planta que ainda não é planta; ou o botão de uma camisa de seda que precisa de muitos botões. Camisa de seda nunca usei, transpiro muito, nem pensar. Ele não transpirava, dava raiva, podia usar blusa cinza de manga comprida em pleno verão que nada, nem uma gota, nem um cheiro ruim.
Ele tinha cheiro de coisa boa.
Eram seis colheres minis, cadê as outras? Não sei como ele perdeu as outras cinco, que eram pra servir patê, mas a gente nunca servia patê. Só de falar patê lembro do patê de tomate seco que eu comi quando tirei o siso, e tirei os quatro de uma vez, e comi tanto patê de tomate seco que enjoo só de dizer pa-tê. Eu tinha uns vinte e cinco, vinte e seis anos, eu acho. Ele me ligou logo depois que eu voltei da cirurgia, lá de Marrocos, me ligou de um orelhão e colocou uma criança pra falar francês comigo. Eu não falava francês, nem ele, mas a gente se falava quase todos os dias. E falava uma língua só nossa, coisa de namorado que faz aquela vozinha e fala umas coisas estranhas. E quando ele me ligou eu mais gemia do que falava, mas não era a vozinha, é que doía tanto. Dói. E tudo de uma vez doí vezes quatro. E ele pediu pra menininha dizer je t'aime, e ela disse, e a gente nunca tinha

dito eu te amo. Engraçado essa coisa de dizer eu te amo, primeiro não quer falar, depois fala o tempo todo. Fala na mensagem de celular, no telefone, bom dia eu te amo, boa tarde eu te amo, boa noite meu amor eu te amo. Demora tanto pra dizer e depois se não diz fica parecendo que acabou. Não tinha acabado, o amor, eu digo. Ele acabou antes da gente acabar. Não precisava ser pra sempre, sabe, o amor, eu digo. Ele sim, ele tinha que ser. A menininha disse outras coisas que eu não entendi, mas dava pra ouvir ele falando no fundo jê-tai-me, e ela repetia e ria, ria muito. Eu já disse, ele ria tanto.

Tem que ter cuidado pra não queimar. O alho, cadê o alho? O alho coloca depois, porque se doura muito fica amargo. Mas eu sempre coloco junto, preguiça, e aí fica amargo. Eu até que gosto do amargo. Chocolate, café, água tônica. A carne tem que colocar aos poucos, se tiver muito amontoada ela cozinha ao invés de dourar e acaba ficando dura. A não ser que seja carne de primeira, essa aqui é coxão mole, sempre achei graça, como se fosse parte de uma vaca preguiçosa, andou pouco. Vaca sedentária. Eu sou, acho bobagem fazer exercício. Vou ali ficar cansada e já volto. Se for pra cansar, canso aqui mesmo, nem que seja cansar de ficar cansada.

Estou cansada.

Eu não sabia que ainda tinha essa colher. Tem coisa que a gente tem e não sabe, e tem coisa que a gente acha que tem e quando vai ver não tem mais.

Ele gostava de cozinhar ouvindo música clássica, o Rafa. E de vez em quando usava a mini colher como se fosse a batuta, ele o maestro e o molho a orquestra. Parecia um menino, ria tanto. Faz um tempo que eu não rio, é estranho dizer né? Não rio, como se quem não ri fosse sei lá, o mar? Rio seca, riso também. O mar não, o mar fica lá indo e vindo mas sendo sempre mar.

Pra sempre.

Tem gente que devia durar pra sempre, todo mundo morre, eu sei, mas tem gente que não é todo mundo. Às vezes eu esqueço, mas depois vejo que não esqueci. Você acha que esqueceu, mas pra saber que esqueceu tem que perceber que esqueceu, aí você se lembra.

A gente só vê que o rio secou quando acaba a água do poço.

Não é que ele cozinhava muito sabe, quase nada, mas gostava de fazer molho de tomate com a cebola bem pequena. Pra ficar bom tem que deixar cozinhando até derreter. Só não pode esquecer de mexer de vez em quando. Eu mexo no Rafa de vez em quando. Na cabeça. Ele tá lá no deserto de Marrocos, nunca fui, e o céu dele fica lá, mas não é aquele céu que tem Deus e anjinho. Se é que tem céu assim. Ele fazia o pai nosso na hora que o avião decolava, mas só. Nunca ia na igreja, nem rezava pra dormir. Esse céu é dele, só dele. E da menininha. Naquele dia ele me disse que ela era uma menininha suja e pequena, que ele pagou seu almoço e depois ela o seguiu como se fosse um cachorrinho de rua. Ela está lá no deserto céu e os dois têm um camelo com um cantil de água gelada infinita. No céu pode ter água infinita. Tem também um piano bonito, de cauda longa que fica nos oásis, são vários, e quando eles encontram um oásis ele toca pra menininha que fica rindo, aí ele ri também. Uma vez eu comprei pra ele um piano miniatura, tinha até o banquinho, as teclas, só não dava pra tocar. Teria que ter um mini dedo e o piano tocaria tão baixo que não daria para ouvir. O plano era comprar um bem grande, de cauda, quando tivéssemos dinheiro, se tivéssemos, não tivemos. Ele queria tanto. E eu dizia que se ele comprasse um piano de cauda eu ia colocar um vestido vermelho e deitar em cima com um copo de uísque. A menininha não, ela senta no banco, junto com ele.

O céu devia ser só o oásis, né? Sem deserto. Mas é que a felicidade é encontrar o oásis. Morar nele não teria a mesma graça.

Não pode mexer a carne. Tem que dourar mais e só pode virar com a pinça, uma por uma, o segredo é esse, dourar a carne uma por uma. Demora, mas assim que fica bom. O que é rápido pode ser bom, mas aí a gente esquece rápido também. Com a gente demorou, mas foi rápido. Eu reclamava, dizia: Rafa, usa a colher direito, a grande, a de cozinhar, parece menino, para com isso. Ficava irritada e ele dizia que era TPM e que eu precisava de chocolate. Brigadeiro, dizia que eu precisava de brigadeiro. Ele também fazia brigadeiro com a mini colher. Aí sim, tem que mexer constantemente, não só de vez em quando, e usar o chocolate em pó daquela marca que tem dois padres na embalagem. Fui ler o rótulo e tinha um tanto de porcaria, então comprei um chocolate em pó orgânico, sem conservantes. Ficou ruim, tem coisa que só fica boa com porcaria. E ele mexia com essa colherzinha, tinham seis, só tem uma. Usou tanto, muito, a ponta dela tá até se desfazendo, não é pra cozinhar, não aguenta, é frágil. É colher da passar patê.

Nunca mais comi patê, nem brigadeiro.

No deserto tem brigadeiro, a menininha ama. Não, ela adora. Que no francês j'adore é mais do que je t'aime. E ele adora que a menininha adora, e é brigadeiro de colher, não tem dessa frescura de fazer enroladinho. Serve na panela e depois pode raspar o fundo. É igual a água do cantil, a raspa de brigadeiro também é infinita. Ele ia gostar de uma raspa de brigadeiro infinita, ainda quente que é pra soprar e dizer que vai dar dor de barriga, mas nem dá. Mentira de mãe que faz bolo de cenoura com cobertura de chocolate. A minha não, comprava o bolo pronto, aí não precisa soprar. A menininha também gosta da raspa quente e antes dela comer, ele sopra bem devagar. Depois que dourar pode colocar o molho, passata que chama, é feito de tomate sem pele, sem conservantes artificiais, dizem. Tá, tudo bem, vai ficar tudo bem, é só a cebola, o olho arde, por isso eu corto desse jeito bem grosseiro, vai cozinhar, não me importo. Já tentei com os óculos de natação e com um fósforo na boca, não funciona. Mas tudo bem, vai ficar tudo bem. Só cortar grande, não ligo. Ele gostava, puro capricho, e só usava tomate fresco, nada pronto. Cortava bem devagarzinho, igual a cebola.

A gente estava devagar, a moça disse, ela mesmo disse, eles estavam devagar. O Rafa queria que eu aprendesse a diferença entre sonata e sinfonia, eram doze horas de estrada, dava pra ouvir todos os cd's, que naquela época era cd, e ele queria que eu aprendesse. Eu não sei se queria aprender, mas aprendi, eu acho, sabe quando você escuta e acha que aprendeu, mas só vai saber muito tempo depois? Não sei se aprendi. Já esqueci. Fazia muito calor, como se fosse meio dia no deserto, mas no deserto dele não faz tanto calor assim, no deserto céu, eu digo. Lá o tempo é parecido com o início de outono numa praia tropical. Tem sempre uma brisa que vem e dá até um friozinho que é na verdade um quase, não é um frio, é um quase.

Tanta coisa na vida que é um quase.

Nosso carro não tinha ar condicionado, mentira, tinha, mas a gente gostava do vento na cara mesmo, e eu ficava descabelada. Não dirigia, ia sempre do lado do motorista com os pés no painel e as mãos para fora guiando o vento pra dentro, sabe? Dá pra fazer, guiar o vento. Por isso que a janela estava aberta, foi assim que a moça testemunha me acordou. O som ainda tocando e eu não sabia, eu queria saber, mas eu não tinha certeza se era sonata ou sinfonia. Eu perguntei: amor, é sonata, não é? Parece sinfonia, mas é sonata. Tem um violino que toca mais alto, escuta, meu amor. Rafa? Estava tão quente, igual o deserto de verdade. Ele sempre preferiu o verão. Tinha a pele quente. Às vezes a menininha o abraça e sente a pele dele quente demais, aí ela diz que eles deviam ir pro oásis. E eu não tinha certeza, ele tinha me explicado, mas só uma vez. Insisti, e ele lá, tão quieto, o carro parado, por que parou? Amor, escuta, o violino é o instrumento principal, e na sinfonia todo mundo toca junto, ele toca sozinho, parece que tem outro, mas não tem, está sozinho. Acertei, não foi? Ganhei a aposta, o que que a gente apostou mesmo, meu amor?

Agora tem que deixar ferver e mexer de vez em quando, até a carne quase derreter, que na verdade não derrete, só se colocar na pressão. Nunca gostei de panela de pressão, apressa o tempo, é trapaça. A colherzinha é melhor guardar, na segunda gaveta junto com os talheres, bem no fundo, não, melhor na outra gaveta, a de pano de prato, no fundo, bem no fundo, ou no armário que fica na despensa. Só mexer mais uma vez e pronto, só tampar. Na hora de tampar a panela não pode tampar tudo, tem que deixar entrar um pouquinho de ar, só um pouquinho que se não o molho transborda, a não ser que seja aquela tampa com um buraquinho bem pequeno. A gente tem, eu tenho, devo ter.

Pronto, vou guardar de novo, a colherzinha. Colherzinha ou colherinha? Não preciso, talvez depois, agora não, vou guardar, eram seis, agora não, só tem essa. Melhor guardar num lugar bem guardado que eu saiba, mas não saiba onde é. Num lugar que eu perca, mas consiga achar depois ou num lugar que seja bem grande que é pra ela ficar perdida, mas sem se perder. Quem sabe num estojo ou numa caixa com o cadeado quebrado que é pra parecer que fechou mas na verdade está aberto. Pode ser qualquer lugar, desde que seja longe, num lugar que ninguém conhece, que não esteja no mapa ou que seja de tão difícil acesso que nem com um mapa dê pra chegar. Vou guardar, melhor. Vou guardar num lugar que só eu, mais ninguém, saiba como é que faz pra chegar.

No deserto não tem mapa, então não dá para voltar, só ir.

Eu nunca soube bem se era sonata ou sinfonia, ele explicou uma vez, ou duas, deve ter explicado várias. Tem coisa que a gente aprende e esquece, depois não sabe se é porque nunca aprendeu. Agora é só deixar ferver, vai demorar, até a carne ficar macia, demora mesmo, tem que esperar.

ESTIAGEM

Não há lençol em minha cama. Apenas a colcha branca com desenhos pretos de elefantes indianos. Fui a Índia uma vez. Sem ela. Protestava contra sua necessidade de viver meu mundo. Queria que a Índia fosse só minha. Buscava uma geografia própria. Tonta. Achar que podíamos ser duas histórias. Ninguém é sem que antes alguém seja. Vidas geram vidas que geram vidas. Meu corpo é a continuação das estradas vividas por minha mãe, e minhas curvas são seus desvios. Não existe folha sem que haja tronco. Por mais fino que seja.

   Meu pai rega as plantas que aos poucos se afogam desistidas de nadar em tanta e desnecessária água. Talvez haja resistência. Talvez o pé de tomate insista em ser perene. Ou a uvaia, em milagre apaziguador, desista de entregar-se aos bichos constantes. Meu pai molha cada trecho de terra como se chorasse pela mangueira o que não desaguou pelos olhos. Esperemos que esse ano o jambo não frutifique. Protestemos. Avisem os calendários que não haverá primavera. Está interditado qualquer florescer em setembro. Não se nascerá mais no mês nove. A estação está de luto. Não é mais permitido soprar flores de algodão.

    O cabelo do meu pai é branco e longo. Não cai. Cabelos que insistem em ornar um rosto que, pesado e duro, sustenta um desespero seco.

    Na geladeira restos de queijo. Cervejas. Quiabo. As folhas estão mortas e cheiram a um estrago excessivo. Não haverá salada de quinoa com as verduras que devem ser comida para não estragar.

> *Pai é preciso limpar a geladeira. Depois*
> *minha filha, preciso regar o quintal.*

    O cachorro encharca-se na água e em seus buracos ensopados. Ignorante, acredita na alegria fluída. Desagradável felicidade canina. Não percebe a estiagem que se anuncia. O cheiro da rúcula podre me causa náusea. Sinto um enjoo salgado. Afasto-me para não ser a fragilidade que meu pai não sustenta. Respiro úmido tentando me sentir molhada por dentro, mas meu pensamento é indigesto como as lágrimas que engulo. Ainda é outono e o sol de Belo Horizonte é laranja rosa quando desiste do dia. Todo ano ela via o primeiro nascer do sol. Dormiam alguns convidados, iam-se outros. Ela sentava, em frente à palmeira que vi se espichar, e aguardava o nascimento do primeiro dia do ano que insiste em seguir. Assim que retribuem a espectadora fiel? Não posso assistir ao nascer do seu fim. Não há início, meio nem término numa história na qual ela não persiste. Não há mais quem seja para que eu seja alguém.

Pai, para um pouco, toma um copo d'água. Não tenho sede.

O branco dos seus cabelos descongela por sua face pálida. Desidratada. Não há nenhum sintoma de vida no rosto de meu pai. Ele abre a geladeira e me avisa que precisamos comer as folhas antes que estraguem. Depois saí com o cachorro que insiste em viver.

Na cama dos meus pais há um lençol. Intacto. Há dias não se dorme por ali. Na cabeceira o remédio homeopático para inquietação. Minha mãe nascia todos os dias como se fosse a primeira vez. Havia tanto vigor que irritava os cansados. Dona do carnaval, colombina, pierrô, mestre da bateria de um coração que não mais ressoa. Bebia tanta água que às vezes precisava chorar. Seus abraços me hidratavam. Me dava tanto dela que minha pele chegava a enrugar de amor.

Na escova giratória os fios brancos que giravam para fora do seu couro cabeludo. Curtas madeixas de algodão. No banheiro as maquiagens que nunca usou. Quem nasce na primavera não precisa de batom.

Tomo o copo d'água da cabeceira com gosto de poeira velha. Como nadar num rio sem água? Minha pele está lisa mãe, mas basta encostar para que ela se arranhe. É que em terreno plano a vida escorrega rápido demais. Fatos que não eram fatos se solidificam sem pedir licença educada. Estados mudam e eu não mudo de lugar. Nunca acreditei em mães que evaporam. O contato doí. Tento o banho, mas o toque da água quente na pele me queima num dilúvio de dor. A água não me rega, apenas provoca uma vontade de desviver. Mandem ir embora essa realidade! Abram os ralos para que eu possa escorrer!

Minha mãe tomava banhos curtos e depois se demorava no enxugar. O cachorro aguardava na porta do quarto entediado com a demora da higiene humana. Às vezes ela deitava para ler. Longos romances em livros difíceis de carregar. Chorava sozinha quando a história dava uma tristeza qualquer. Depois bebia um copo d'água inteiro, sem pausas de gole. Acreditava na cura por meio desse líquido incolor. Outras vezes renegava o remédio e se entregava à sua maravilha curativa. Desconheço a eficácia da água. Sempre me curei pela sua presença úmida, morna. Estamos sem fonte. Ficamos perdidos numa memória enrugada.

O cachorro me busca no quarto. Baba satisfação de quem desconhece a perda. Sentada na cama, reconheço um sonho desacordado que persiste. Meu pai me daria a notícia do avesso. Desmorreria minha mãe. Uma boia salva-vidas surgiria no sem fim de tanta água que não me molha. Sua existência penetra pelo nariz, pela boca, por toda e qualquer extremidade. Ando descalça só para sonhar com os pés no chão.

Aprendi a nadar com quatro anos. Entre as braçadas gostava da alternância de sons. O ruído exterior em trocas com o rumor silencioso do fundo. Desejava atravessar a piscina numa não respirada só, mas a superfície me tragava pelo ar. Só no seu ventre, mãe, pude ficar mergulhada por tanto tempo.

Todos os filhos fizeram natação. O irmão do meio nadava longas distâncias. O mais velho as provas de segundos. Minha mãe uma vez trouxe uma medalha de mentira. Fugiu. Não sabia competir, para ela todo mundo devia sempre ganhar. Coisa de mãe.

Em breve um irmão chegará com as folhas orgânicas para fazer a salada de quinoa que sua mãe nunca mais fará. O maior gosta de comidas prontas, prefere não regar. Compra embalado a quantidade certa de nutrientes processados e fornecidos num isopor. Vida que se compra. Para nós não há mais amor orgânico.

Meu pai me chama para o almoço que ele não preparou. O telefonema, que insiste em incomodar, me diz para ter calma e paz. Um dia passa. Ninguém me diz quando. Felicidade é projeto distante com possibilidades de falhas. Meu hábito é de natureza diversa. Não quero que passe. Não sentir dor será matar afogada a lembrança que boia. Desconheço a extensão do tempo. Com quantos hojes já se fizeram essa manhã? O tempo quando chega parece que já passou, e a morte quando vem precisa nos convencer de que é real. Não sei explicar a ausência se não a vejo. Tenho em mim, submerso, o que eu não sei dizer. Palavras só me saem secas, enxutas, estanques, áridas, desérticas. Tenho no dizer só o obrigado insincero para cada pesar que me concedem. Insistem em me dar flores ignorando a primavera cancelada.

Levaram-me dormindo para uma ilha onde acordei sem saber nadar. A existência pesa sobre o peso de quem não mais existe. Não há nenhuma distinção entre eu e ela. Sentamos na cozinha e meu pai corta o queijo em lascas finas. Sua mão me parece um mapa repleto de percursos hídricos que não se encontram e nunca terminam.

Pai, por favor, toma um copo d'água. Já disse que não tenho sede.

Meu pai tem medo de se curar. Receio de aprender a se hidratar sozinho. A lasca do queijo me salga e eu empurro com a cerveja. Mais tarde chegarão os outros filhos. A despedida estará completa quando só ela faltar. Será preciso contar os presentes. Será preciso encontrar sentido no espaço esvaziado. Cabe a mim o trabalho de não afundar no rio seco no qual meu pai nada. Meu pai nunca fez natação. Uma vez pulamos juntas em pleno rio Amazonas. Minha mãe aprendeu a nadar vinte anos depois de mim. Nesse dia ela teve medo e eu fui a sua boia. Pela primeira vez mergulhamos ao mesmo tempo. Quando voltamos, prometi que a levaria para a Índia. Desconheço se há depois e ignoro qualquer nascer que venha me incomodar. Desisto de qualquer ideia de esquecimento. Lembrar é a única forma de existí-la. Sou uma gota que não encontra o chão. Não tem almoço e meus irmãos evitam chegar. Meu pai dorme como se fosse acordar antes de tudo e o cachorro me lambe com o focinho molhado de terra. Tenho pena da sua tristeza futura.

AGRADECIMENTOS

A minha mãe e meu pai pelo todo; à Escrevedeira, em particular à Noemi Jaffe, pela acolhida; ao Marcelo Nocelli pela realização; a um artesão bêbado que um dia me disse: se quer escrever, então vai lá e escreve; à Minas por ser raiz e São Paulo por ser galho solto; aos irmãos, amigas e amigos, vocês sabem; a todos os ex-amores e os que poderiam ter sido.